妈妈是
最初的
老师

蔡颖卿 / 著

翁书旂 / 绘

中信出版社
CHINA CITIC PRESS

目 录

推荐序 教养孩子是爱的事业 / 004

自 序 爱的双结 / 006

第一部 深根

真金不怕红炉火 / 014

四个月结出美好果实 / 017

有实质意义的成绩单 / 021

培养学习的好习惯 / 024

乐骅的偶像 / 027

我的小小艺术家 / 031

今天可不可以不洗碗? / 034

营造妈妈气氛 / 037

书骅的寻根工程 / 040

炒虾的学问 / 043

令人激赏的教学参观日 / 046

太空之旅 / 049

春风化雨 / 053

写在书上的笔记 / 056

别出心裁的健康课 / 059

青春少女的毕业舞会 / 062

第二部 蓄积

196道题的数学作业 / 066

读书读饱了吗? / 070

牵你的手,我们一起慢慢走 / 073

乐在学习中 / 076

杀鱼? 鲨鱼! / 079

书骅的学习报告 / 083

要晚餐不要"夜辅" / 087

一想到书法就兴奋得要发抖 / 091

是做功课还是抄功课? / 094

给"国三义"同学的一封信 / 097

渡过自己的英吉利海峡 / 101

带着愉快的心情扫地 / 104

妈妈跟你谈友谊 / 107

解读成绩 / 111

决心让梦想成真 / 114

第三部　展翅

家在心就定 / 120

珍惜每一双大小脚印 / 123

青春的制服宣言 / 127

发现弱点才能成长 / 130

在社区服务中体验生活 / 134

第四度转学 / 137

孩子是看着父母的背影长大的 / 140

法语课的挫折 / 143

当射手座遇到西班牙人 / 147

选课量身定做 / 150

陪女儿挑灯夜读 / 153

姐妹俩,大不同 / 157

少了耶鲁,你仍是最棒的孩子 / 161

芝加哥大学动人的录取信 / 166

温馨满溢的宾州大学 / 170

从贴身母亲到远距母亲 / 173

我真爱大学生活 / 177

送她展翼高飞 / 180

教养孩子是爱的事业

我在学校念书时，主修的是儿童和青少年心理辅导；离开学校进入医院的第一个工作，也是在儿童心理卫生中心，从事儿童的偏差心理和行为治疗。因此，有关儿童和青少年的教养问题，理应是我写书时最"正确"的题材。但事实上，这个主题却是我最关注、但也最不敢轻易涉入的领域。

让我却步忐忑的原因有几个：

其一是，书店里有关亲子教育的书籍已经有很多了，而且绝大部分都是相当专业和精彩的论著。凭良心说，有时漫步书店，看见陈列亲子教育丛书的专区里琳琅满目的书籍，多得让我有时甚至觉得年轻的父母会不会接受了太多的教导了？！我担心，再多一本教导怎么养育孩子的书，只会让年轻的父母更无所适从，更忘记教养孩子是爱的事业、是心灵的事业，而不仅仅只是照本宣科的纯理性事业。

其二是，养育孩子是个关乎"人"的事业。一个生命的成长，包含了许多的赞叹和奇迹，我一直以敬畏的心情看待它，深怕偏颇武断的理论和看法耽误了孩子本该美好的成长经验。因此面对孩子的教养问题时，我素来思虑谨慎不敢或有轻忽。

因此，不瞒您说，在读这本书之前我是颇有疑虑的！

但是当我花了两天的时间细细读完《妈妈是最初的老师》后，竟有泪承于睫的感动。我自己曾经安静地思考，令我感动的原因是什么？我想其中主要的原因有几个：

首先，我和作者都是母亲，都有魂牵梦系的宝贝孩子远在异乡求学。我的儿子在刚满十岁后就独自一人到英国寄宿学校念书，我至今还清楚记得每个无眠的夜里，我锥心刺骨地想念他、担心他、心疼他的心痛。这种只有母亲才能体会的心情，我在《妈妈是最初的老师》的许多篇章里碰触到，那跃然于纸张上的澎湃心绪至今仍鲜明地跳动在我的胸臆间。

其二，我喜欢作者细腻的心思。我相信她和我一样，并不打算告诉读者"应该怎么做"或"不应该怎么做"，她只想分享自己的经验、自己的感动、自己的心得，以及自己的信仰。只想成为温暖的背景、柔和的参照坐标，而不是书房里那个指手画脚的专家。

最后，我喜欢作者洗炼优美的文字。那不是文学巨著的书写方式，而是几个母亲围坐在桌前促膝谈心的娓娓道来，你很轻易地就了解到她想说些什么，也很轻易地就浸润在她温暖的、智慧的、属于母亲的大爱之中。

知名专栏专家　金韵蓉
2008年5月17日

爱 的 双 结
自序

　　看过这本书初稿的人，很容易产生两种不正确的印象：第一，我们家有两个毫无问题、非常优秀的女儿；第二，我当妈妈当得轻松愉快，信手拈来。这两点如果不稍加说明，我担心本书因此可能会失去与读者的共鸣以及对读者的鼓励。

　　这份亲子生活记录整整持续了十年，十年来我从不认为有结集出书的可能。它们最大的功能原是使我平静下来，储备好足够的力气再出发；有时候，我也会把这些记录传给同为父母的好朋友看，当做是随手写下的生活报告与教养孩子的心得交流。每一次提笔，都是为了鼓励自己从内在的挣扎中找到出口，借着文字平息一时产生的沮丧与愤怒。我记录的方式不是尽情抒发不平之气，而是从整理思绪中，寻找下一个希望或解决问题的具体方法。因此，它们看起来总是云淡风轻。

　　当出版方提议出版这份记录时，我也曾考虑过，要不要借着回忆来补足那些生气或痛苦的体验，但是如果真的这样做，这份记录对我来说就不真实了，因为这完全不是我的生活信念。母亲在教养子女上所拥有的力量真奇妙，一如生产的身体之痛，过后就忘了。即使凡事都十分计较的母亲，也很少刻意存留孩子所带来的失望或愤怒；也许是这份永远期待有转机的希望，为许多痛苦裹上糖衣，让父母选择忘记并不难；也或许是，我们都清楚，孩子在每个阶段都会有许多状况，根本不能停留在情绪的难关，提振精神、面对问题才是养儿育女的不二妙方。

　　两个女儿有时非常可爱，有时十分恼人。在本书中，我之所以看起来平心静气，是因为该发的气都直接对她们发完了，没有残余。我从来都没有办法把孩子的问题放到第二天，当面讲完之后还会写下来，但是因为讲过了，写起来就会温和许多。

　　我是个既脆弱又坚强的母亲，爱哭的程度不亚于任何一个孩子。记得大女儿乐旅第一个学期回台湾家中过圣诞节后要返回美国，那一次因为我们考虑她飞抵纽约后还要转车回费城，不能选择半夜到达的直航班机，所以决定让她搭乘国泰航空由香港转机。一个刚满19岁的女孩带着两只大行李箱只身出发，从肯尼迪机场先乘车到纽约中国城，再转巴士回费城。到费城已经天黑，基于安全也不敢让她乘出租车，得乘地铁到校区，再联络学校来接。那天清晨5点，在中正机场送她的时候，我一想起这条远路就心疼得止不住眼泪，乐旂抱着我说："妈咪！不要哭！不要哭！回学校没有那么难，我会安全到达的。"19年来，我从来不曾希望过她是个男孩，但在那一刻，我心中无比自责，生女儿却不能娇宠地将她捧在手心，为了求学得让她渡重洋、赴他乡。

虽然脆弱，但是生活并不容许当母亲的过度多愁善感。我的坚强都是跟前辈母亲们学来的，那就是把日常生活的力量展现扩大，不管处境如何，都要维持一个家庭生活的温暖与正常的节奏。我从小常听别人给我那极为忙碌的母亲一个"文武双全"的评语，一直到自己当了母亲好多年之后，我才发现，母亲之所以什么都会，不是因为她有过人的智力，而是因为那份独属于母性的"责任感"。那种性格的力与美，让我十分仰慕，我但愿自己永不忘记她给我的启示与教诲。

然而，似乎有更多的时候，当母亲的是既坚强又软弱。2006年8月，乐旂要从新加坡的家出发去赴大二的开学，前一天传来她即将搭乘的那班飞机从纽约起飞后引擎出现故障、机身冒烟，回纽瓦克机场紧急迫降的新闻。妹妹书旂一得知消息后，马上担心地问姐姐："明天还要出发吗？"乐旂对她坚定地点点头。我心中一时非常慌乱，但强做镇定，帮她收拾行李时，忍不住拉起她的手问："会害怕吗？"她笑笑说："我想发生事情后航空公司会特别小心，反而最安全。"我借故跑到洗手间，一次又一次把蓄积的眼泪偷偷擦掉。她绝对不会没有压力，我不能再让她抱着我说："妈咪！不要哭！不要哭！"第二天早上，在樟宜机场送她启程之后，那18个半小时我就像一直陪伴着她一样，身体与心灵一刻都没有休息过，直到从网上查到飞机平安落地的那一刻，我才觉得全身放松下来。

我很庆幸曾这样逐年逐月地记下自己当母亲的心情。这些篇章不是回忆录，所以文字当中显露的教养方式，无论是青涩或成熟，是过虑或豁达，它们都给我提供了重温自己当时心情的机会。孩子使我随着她们的成长而成熟，在当母亲满20年的此刻回头看，我学到的东西超乎想象。

跟所有因为工作而无法兼顾团聚与教育连贯的家庭一样，1996年我们第一次做出重大的决定。那个决定表面上看起来只是离开台湾，移居到丈夫新赴任的曼谷去，但背后真正的原因，包括中止某些已经稳定的梦想与工作，改变既有的生活安定感，当然，最重要的是，孩子们的教育方向因此将完全改变。

五年之后，第二次迁移对我们来说更加困难——对孩子而言，要保留好不容易开出花朵的英文教育，还是选择全家团聚再转回台湾受教育？那是2001年的6月，八年级的乐旂不但文化课、体育、音乐都出色，还是中学部学生会会长。而书旂也快乐地悠游在知识与艺术的海洋，是无忧、充满创造力的小学五年级学生。然而，我们的大家庭出事了，已经病了一年的婆婆病情非常不稳定，身为长子的丈夫，心头的重压无以言表，却每每写在紧锁的双眉中。我们开始非常害怕夜间10点之后响起的电话，忧虑随着空间的距离无限放大。我跟丈夫好好沟通了一次，我建议他调整工作，准备搬回台湾。那一刻，宽慰与疑惑同时出现在他那忧愁已久的面容上，他问我："孩子怎么办？"我说："一起回去吧！两个孩子都懂事，她们会知道现在谁最重要。"

虽然这是个困难的决定，但我的信心并不是凭空而来的。我发现向来最黏腻的书旂，以往我一出国她总是哭，但自从知道奶奶病后，我几次离家回台北，她不但不掉一滴眼泪，还总是在每天跟我的通话中，用她那最甜美、最体贴的声音告诉我："妈妈，我们很好！"我确定，回到台湾，我们一定可以克服种种教育难题。

在我们考虑回台北的时候，曾有许多朋友劝我们把孩子留在曼谷，或送到美国的寄宿学校继续英文教育，我们几经思量，还是决定全家一起行动。理由很简单：孩子的成长需要父母，不只是生活照顾，父母也是知识与品格教育的直接影响者。在她们高中毕业前，我们不想因为学校或教育制度的优势而考虑舍弃家庭所能给予的生活力量。

一年之后，我们再次回到曼谷，并在2004年再赴新加坡，这两次迁移因为有了前两次经验的支撑，适应已不再是艰难的挑战。孩子从初中进入高中，我一步步认识到不同教育阶段中，亲子协力可以渡过许多难关，大女儿也在申请美国大学的过程中，更加了解父母的关怀对她有很大的帮助。

我很高兴这本书是在乐旂经历过一年大学生活后才将出版，因为如果少了孩子在外独立的经验，我将难以证实自己坚持的生活教育是不是值得与大家分享。乐旂如今远在美国东海岸的费城，不只努力求学也勤奋工作，我为她有充实的大学生活而感到非常欣慰。18年来点滴的琐碎教导、无数次的讨论，或曾有过的冲突，都在她离家后才证实当时的坚持并没有白费。

印度有句谚语说："孩子小的时候，给他深根；长大之后，给他翅膀。"这一直是丈夫和我教养孩子的指导准则。在养育"十全十美的孩子"与做个"尽心尽力的父母"之间，丈夫与我毫无犹豫地选择了后者。因为对我们来说，那才是有可能达到的目标，也是此刻我们陪伴还在读高中的书旂，感到特别珍惜的原因。

这本书看起来虽然只是一位母亲的手札，但在文字的背后其实是一对父母给两个女儿爱的双结。如果我们的家庭在别人的眼中总是努力向前，那并不是由于用笔记录的我在前面指引，而是因为宽厚耐心的丈夫默默地在后面推动、守护着全家。我把这本书献给他，相信这不只是我自己的想法，也一定是两个女儿的心愿。

深　根

手牵手，我们一起学习、一起成长。

1996年，

为了兼顾丈夫的工作与家人团聚，

我们第一次做出重大的决定。

那个决定表面上看起来只是离开台湾，

移居到丈夫新赴任的曼谷去，

但背后真正的原因，

包括中止某些已经稳定的梦想与工作、

改变既有的生活安定感，

当然，

最重要的是，

孩子们的教育方向因此将完全改变。

进入曼谷国际学校之后，

两个孩子积极面对语言学习的挑战，

也同时融入多国文化的新生活。

我们一方面吸收学校教育中

尊重、开放、

启发的特质与优点，

一方面坚持我们所重视的家庭生活教育：

在亲师交流、

家事教导、

亲子共读与母语的维护中，

我们与孩子留下携手成长的足迹。

林老师有一段话我记得很清楚：

> 我常常跟学生说，成绩单只是一扇美丽的窗户、豪华的门，我们要盖的是坚固的地基，只有真金才不怕红炉火。

真金不怕红炉火

从市区去曼谷国际学校的路崎岖得令人难以置信。离开高速公路后，我们在泥泞的小径上穿过一个村落才进入学校外的独栋住宅区。当校门前那片漂亮的喷泉出现在眼前时，我的心情总算轻松了一些。

虽然才9月上旬，但美国学制的曼谷国际学校已经开学整整一个月了，我领着两个一句英文都不会说的孩子，带着齐备的证件到办公室去办理入学手续。证件交给校方后我才知道，目前学校并没有接纳新生的名额，我们得在候补名单上等候考试的通知，时间大约会是在什么时候，没有人知道。通常是家长一有调动，学校便通知考试，再根据结果决定是否录取。

开车回来的路上，我觉得那些弯曲不尽的小路已经没有那么难认了，但是新的彷徨却占据了我的心思。决定来曼谷是对的吗？我不禁自问。再回台湾上学去，一家团聚的生活岂不更遥遥无期了；留下来，孩子的教育又该怎么办？

先上英文吧！孩子的爸爸说。我们决定先为入学考试做准备，而我也把带来的中文课外书当做教材，自己负起中文老师的责任。

曼谷有许多外籍英文老师和世界连锁的语言补习班，校方也曾推荐一个由他们的退休老师开办的辅导班，但是，我们决定把孩子送到一位住在湖边别墅的老师那里上课。林老师是一位颇为严谨的中年马来西亚华侨，跟随从新加坡派任的先生定居曼谷，他们的两个女儿在曼谷国际学校就读十一和十二年级。那一天，和林老师一番恳谈后，我决定每天不辞辛苦地接送孩子上下课。

为孩子选择适任的语言老师并不是一件容易的事，但是，当我听到林老师教养两个女儿的观念，了解她对学生的辅导原则时，我觉得她不但是一位好母亲，也一定是个好老师。她有一段话我记得很清楚："我常常跟学生说，成绩单只是一扇美丽的窗户、豪华的门，我们要盖的是坚固的地基，只有真金才不怕红炉火。"

虽然我无法单从谈话去认识一个老师的教学能力，但是观念正确的老师能帮助孩子建立良好的学习习惯，我希望孩子在林老师的带领下把根扎深。每天去林老师家的路程虽然遥远，但我们对新的开始却感到非常兴奋。我跟孩子们约定，不要担心暂时无法上学，每一天，我们仍要好好努力。

离开台湾前，乐旎就读的宝仁小学已为三年级学生开设英文课，虽然学习的内容很简单，我却常要为她的学习成效不彰被请到学校去谈话。我心中也非常纳闷，她常跟着我们进出美国，英语的环境对她来说一点儿也不陌生，然而她似乎就是与学校所教的英文格格不入。一个学期连十个单词都记不下来，学校老师不得不跟我好好沟通。

我的疑问超过着急，这使我可以面对老师对我们"辅导不周"的质疑。乐旂的中文由我亲自启蒙，她识字很晚，小学开课的前一个星期我才开始教她拼音，但是拼音一学会，她读写的进度就令人惊喜。我通过观察发现她的理解力特别好，所以演绎式的学习让她的中文短时间内有了飞速进展。一年级的功课很简单，我于是开始带她读唐诗，读的方法跟传统相反。小小孩通常不明诗意只求背诵，我们则从理解诗意、体会美感开始。一年级结束前，很多诗歌、绝句她都记熟了，长诗也多半能自己解意而后背诵。然而，这样的孩子却记不牢十个英文单词，我深信她的问题不在智慧，我相信有一天她一定会建立起学习英文的桥梁。

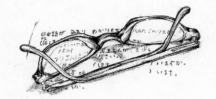

"这是你的第一个测验，对你来说应该非常困难，然而你却表现得这么好，你真棒！"

我看着那落在试卷一旁美丽的字迹，心中深深感谢林老师带着她们一砖一瓦砌着地基时所投入的心力。

四个月结出美好果实

今天，林老师开玩笑地对我说："翁妈妈是所有的家长中最不捧场的一位。"她指的是我从来不像许多母亲，送孩子到达之后就在桌边旁听陪伴。林老师家很远，对那些家长来说，接送时间之内的等待的确很难安排。我当然也有同样的问题，但是，我希望孩子们跟林老师上课的时间是完全自主的，我的停留虽然未必是个打扰，但难免稍有影响。离开只是我对老师的一种尊重。所以，每天我把书或工作带在手边，送完孩子后，绕一个大圈去百货公司，找个咖啡座坐下，有时两个小时，多则四个小时。

孩子们去林老师家算来已满两个月了，师生相处得很愉快，那种愉快不是嬉笑轻松的，而是一个三人小组齐心协力朝着共同目标努力的愉悦。我完全不知道林老师是怎么激励孩子的，但隐约觉得，这个从不花时间与家长多做寒暄的老师，一分钟都不浪费地投入教学，给了孩子最好的身教与鼓励。每天在接回乐旆和书旆的时候，她们总是赶着要回家完成老师所留的功课。一做完功课她们就看书，一本本、一本本，由薄到厚，没有一丝倦怠地努力着。孩子在家所做的每一道题林老师都要和她们共同讨论，他们的教学互动十分紧密。

"连上四个小时会累吗？"我忍不住问还不满七岁的书旆。

"不会，一下子就过完了。"这个被林老师称赞非常有耐心的小小孩这样回答我。

孩子的努力热忱不但震撼了家中的长辈与我们，也为她们不能上学的日子带来一种安全感。她们过得很好，脸上洋溢着快乐的表情，上不上学好像不再是一个让人担心的问题了。

1997年1月，在校外"游荡"了一整个学期的乐旆与书旆正式成为曼谷国际学校的新生。学校为避免严重的塞车问题，上下学的时间重新调整，校车因为要挨家挨户接送，所以时间更要提前。每天早上5点40分，孩子们在夜幕尚未完全收拢前就要出门上学去。

带书旆上学的第一天，娇小却充满活力的导师雪儿女士从我们手中把孩子迎了去，她让我们放心。那些一年级的金发小孩似乎一眼就认同了这个小小的新豆豆，天真地递来一支蜡笔或小纸片作为欢迎的表示。我放下一颗悬着的心，却不免想起稍早在楼上，乐旆初见老师时紧张得僵硬的神情。我放眼看到四年级中有几个亚洲孩子，虽然不知道是哪国人，心中却寄望着有会讲中文的同学可以缓和她不安的心情，毕竟，她比较大了，感觉到的文化差异会比妹妹来得强些。

第一天的学校生活似乎很顺利，两个孩子还在眼花缭乱的新鲜中，语言上的懂或不懂感受还不深。每天，她们还是跟去林老师家一样，放了学就努力读书。我们可以感觉到，小小的书旂完全是在姐姐乐旂的感染下，进行着一项项前进的工作。

上学后的第三天，学校的秘书来电，说乐旂的英语补习班老师想跟我谈话。话筒的另一端换人后，吉洁儿女士很客气地跟我说，一般规定母语非英语的学生得在英语补习班上两年的课程，但是她想跟学校建议让乐旂直接进入正规班。她说了许多嘉许孩子的话，并征询我们对这个提议的想法。一时之间，我不知道该回答好或不好，但我跟吉洁儿女士说我回头会把决定告诉她。我得跟孩子的爸爸与林老师谈一谈，我们三个大人应该讨论出一个适当的决定。

当我打电话给林老师的时候，电话的距离掩盖不了她那激动的声音，我可以想见她心中的安慰，四个月来她认真的引导与孩子的勤奋，已经结出令人惊喜的果实。

林老师最后做出结论："让她出来吧！这不是人人都有的机会，乐旂会很辛苦，但是她一定可以靠着坚强走过去，我们也要帮她。"就这样，乐旂成为正规班的四年级学生。一个星期之后，我去领回已经交纳的英语补习班学费，望着那张金额不菲的支票，我有点担心，乐旂手上所带的工具是否足够她此去在每一门功课中披荆斩棘、顺利过关。

受了免上英语补习班鼓舞的乐旂更努力了，充满斗志向前冲。但因为语言能力有限，她仍然闹了不少笑话。有一天放学时，她一脸尴尬地跟我说，从图书馆借书出来，在走廊上遇到校长费特先生，校长笑着问她：

"乐旖，你好吗？"

"我很好！"

校长又问："你把自己该做的事都做好了吗？"

"是的，费特先生，我很努力。"

校长于是拿过她借的几本书看了一下，然后点点头说："我相信你一定非常用功，这些书很难，好好加油！好孩子。"

说到这里她掩脸惨叫一声说："妈咪！有本书是法文的，我竟然不知道。"我看着她绯红的小脸，完全可以理解当她发现的那一刻，心中有多难堪。但是，我也在那些免不了的小小尴尬中，看到不断使她成长的美好契机。

进入正规班后，乐旖也跟着大家一起考试，她的第一张试卷得分不算好，但体贴的老师却这样鼓励她："这是你的第一个测验，对你来说应该非常困难，然而你却表现得这么好，你真棒！"

我看着那落在试卷一旁美丽的字迹，心中深深感谢林老师带着她们一砖一瓦砌着地基时所投入的心力。

有实质意义的成绩单

6月11日是学期的最后一天，孩子带回所有的作品、工作篮和一张成绩单，装成绩单的信封里，还有一封四年级所有老师的联名信。虽然内容很短，但"成绩单"这个从小到大熟得让人几乎麻木的名词，却在短短的说明中有了新的含义。

亲爱的家长：

今天孩子们带回了最后一张成绩单，全体四年级的老师想跟您报告我们评价的标准。

传统上，学生的成绩总是被认定为"他"和"别人"学习表现的比较。但是我们认为成绩应该是一个孩子的

"独立程度"、"个人进步"、"学习质量"以及他"一贯的表现"和"整个年级程度"的关系。

以下是我们四年级用来评分的五个等级和各个等级所代表的学习表现。

· "5" 一直都能独立完成自己的学习并保持良好的学习质量，也懂得持续应用学习技能。

· "4" 凭借某些协助，能完成学习任务，经常能应用学习技能。

· "3" 在完成四年级水平的学习时，多半能令人满意，偶尔也懂得应用学习技能。

· "2" 多半能完成同级水平的学习，但常常需要反复指导。

· "1" 很少能完成同级水平的学习，明显地表现出努力不够。

我仔细读了这封信，想到这其中虽然没有比出高下的"名次"，却有实质意义的评价。当孩子们拿到这样的成绩单时，不需要跟别人比第几名或差几分，只要知道下学期要加强的是哪些方面，值得赞许的又是什么样的学习质量和学习习惯。

这封老师写给家长的信，提醒了我该用什么眼光来看待孩子的成长。这一点的确非常重要。事实已经证明，有太多无谓的比较，损毁了孩子原有的价值，父母与孩子都被困在成绩单上的数字迷思中。

陪伴孩子成长的路上，我总觉得自己所需要的教导并不比孩子少，我们一样需要提醒和自我检讨。但是当我们尝试修正自己被偏见所困的价值观时，我确信孩子们会因为我们的努力而得到一片更开阔的天空！

养育你们之后

我才开始懂得探索自己

你们是我成长的灵感

第
一
部

深
根

父母应该为孩子准备一个固定的地方做功课或读书，而且要求他持续一定的时间，**这段时间尽量不要打扰他，**以培养他良好的学习习惯。

培养学习的好习惯

孩子们的老师经常写信给家长，除了周报之外，老师的信件成了我们了解孩子学习情况最好的资料。曼谷国际学校的教育风格非常明确，小学部五年以"爱的教育"为主导，让你不禁怀疑学生会不会被宠坏。每个孩子都是宝贝，每一点小成绩都被极力称赞。然而就在家长还带点担心的时候，孩子升上了中学。六年级的学生们给五年级的学弟学妹捎来一封信，除了欢迎他们加入中学之外，还希望他们"别再混了！"似乎就在一瞬间，学校已经完全以大人的方式来对待这些新人了。

他们有自己的餐厅，供应各国食物，学生可以自由购买，不再像小学生，拿餐券吃三选一的套餐。功课中开始有选修课，而且每堂课都换教室，不会管理时间的孩子就会弄得一团乱。每天还有一堂体育课，让正值青春期发育的身心得到适当的锻炼。老师不再叫他们甜心、宝贝，而以先生、小姐相称。考试虽然不多，但功课很重，不用功的孩子，对不起，明年重来。所以，"努力"也是成绩评估的重要项目。

开学的时候，我收到了"出版与写作"老师的来信。信写得明确而诚恳，虽然是针对孩子们选修的课而谈，但是这些学习建议值得与所有的父母分享。

父母应该为孩子准备一个固定的地方做功课或读书，而且要求他持续一定的时间，这段时间尽量不要打扰他，以培养他良好的学习习惯。

所有选修"出版与写作"的学生每周至少要写两篇日记和一篇正式的文章，所以您的孩子应该每星期都需完成功课，请要求他们给您看。

由于写作能力并非一蹴而就，所以我有时不免会要求他们重写，每一个星期都可能有重写练习，请您也要看这些练习。

所有中学部的学生都有一本《中学组织手册》，我希望他们把每一项功课记录在手册里，您将可以从中查询他们应该完成的学习项目。

请详细阅读我的附件，附件里有这堂课评定成绩的详细说明，这个评分标准有一份会保存在学生的活页夹里；此后课堂里所发的每一份通知和资料也都要放入活页夹。

如果每一次您都能和孩子一起检查他们的活页夹，就是在帮孩子建立更稳固的组织能力，并发现不足之处。

学生所有的作品都被保存在个人的档案里。因为只有在全程的回顾中，孩子才能了解自己进步的程度，所以我们要全数保存这些作品。如果您在任何时间想看这些作品，可以让孩子将档案带回。不过，请您也一定要叮咛他们再带回归档。万一这个档案夹弄丢了，是个重大的损失，当然，孩子也一定要把任务补足。

只有非常幸福的人
才能在爱里相遇
作为亲子
或为手足

我曾想，青春期的孩子需要的偶像，与其说是光彩照人的明星或转瞬即逝的流行，不如说是更深刻伟大的情感和人物。

虽然他们的能力还无法达到，但心中的热情却深受这种典范的吸引。

乐旂的偶像

家里有个正值青春期的孩子，对父母来说是最甜蜜也最困难的挑战。我日日看着渐渐长大的女儿，找不出任何适当的言辞来形容她。说她变化莫测吗？她又时时有一种坚定的意志。说她已经成熟稳定了吗？她又有时哀喜无常。我因此不断回忆自己的成长经历，努力在她情绪变换的节奏里，给些适时的帮助和教导，也时时提醒自己要做个尽心尽力的母亲！

这几天孩子们有四天的休假，我看到忙完功课的乐旂在计算机前打一首中文诗，是诺贝尔奖得主诗人吉卜林（Rudyard Kipling, 1865～1936）所写的《如果》。吉卜林是乐旂崇拜的作家，《如果》是她最钟爱的一首诗。那首英文诗原作早被她夹在每天都要带到学校的档案夹里，她把诗背得滚瓜烂熟。我很好奇，为什么还需要这首中文译诗？她摇摇手上那本旧《读者文摘》（1993年9月号），无限激赏地对我说："妈妈，这首诗实在翻译得太好了，我要把它也夹在夹子里。"

我接过书，看着篇章上有我细细圈画的笔迹，不禁想起三年前，我为乐旂讲解这首诗的情景。那时她刚转受英文教育，压力与负担都非常沉重。为了鼓舞她，我把自己喜欢的诗介绍给她，并且跟她分享初读这首诗的时候，我年轻的心中曾涌现的震撼。相信从那个时候开始，吉卜林和他的诗就从来没有离开过乐旂的心。

刚来曼谷的时候，乐旂央求在台湾的亲友帮她找吉卜林的书，起先找到了一本卡尔杜其（Giosue Carducci, 1835～1907）和吉卜林的合译集。等她有能力看懂比较难的英文书时，她开始买吉卜林的书来看，但是，"最爱的还是《如果》这首诗！"她这样对我说。

我从乐旂这句话去探测这个13岁女孩的心灵，再对照手中的文章，不难发现这股热爱并非乐旂独特的情感。文章中说："书评家并不认为这首《如果》是吉卜林的杰作。但在短短几年内，这首四节诗已成为全球的经典之作，并被译成了27种文字。学童都把诗背熟，青年列队出发作战时也朗诵它。诗中那些简单、富有启发性的行为典范，为几百万、几千万人立下了一套信守不渝的道德标准。"

我把这首诗抄录给了许多和女儿一样大的小朋友，也和孩子们在反复的朗读中看到了成人的责任。我曾想，青春期的孩子需要的偶像，与其说是光彩照人的明星或转瞬即逝的流行，不如说是更深刻伟大的情感和人物。虽然他们的能力还无法达到，但心中的热情却深受这种典范的吸引。

‖ 如 果 ‖

如果在众人六神无主之时，
你镇定自若而不是人云亦云；

如果被众人猜忌怀疑时，
你能自信如常而不去枉加辩论；

如果你有梦想，又能不迷失自我；

如果你有神思，又不至于走火入魔；

如果在成功之中能不忘形于色，
而在灾难之后也勇于咀嚼苦果；

如果听到自己说出的奥妙，
被无赖歪曲成面目全非的魔术而不生怨艾；

如果看到自己追求的美好，
受天灾破灭为一摊零碎的瓦砾，
也不肯放弃；

如果你辛苦劳作，已是功成名就，
为了新目标，

第一部

深根

你依旧冒险一搏，哪怕功名成乌有。

如果你跟村夫交谈而不变谦恭之态，

和王侯散步而不露谄媚之颜；

如果他人的爱憎左右不了你，

如果你与任何人为伍都能卓然独立；

如果昏惑的骚扰动摇不了你的意志，

你能等自己平心静气再做答时……

那么，你的修养就会如天地般博大，

而你，就是个真正的男子汉了，

我的儿子！

我的小小艺术家

书旂参加每周一次课外活动的那天，她必须乘第二班校车回家。那班校车不像第一班校车挨家挨户把小孩送到家门口，所以我必须到指定地点去接她。通常我会带一本书早点到，等校车，也等我的小小孩被跟车的工作人员叫醒，睡眼惺忪地下车来。我们会手牵着手，穿过百货公司慢慢走回家。经过超级市场时，书旂会去菲儿太太的饼干柜拿试吃的饼干，两小片，一片给自己，另一片给每天都躺在超市门口的大狗。

牵着她的小手走这段路的时候，我心里总有很多的感触，眷恋这软软的手还依依偎握在我的手里，也一次次感觉到她唧唧喳喳的话语越来越成熟。再过一些时日，她会像现在的姐姐，不再需要接送。等到她的身高渐渐超过我的时候，牵手已不再合适，我们会改成手臂挽着手臂！她每天放学时还会热情地拥抱亲吻我，然后用甜甜的声音说："爱你！"我紧一紧手中的小手，不禁想到飞逝的时光。

这一段时间，我心里正在挣扎着要不要停掉书旂的钢琴课。她一点都不喜欢钢琴，却在我们的恩威并施下学了两年。前几天，她突然很懊恼地问了一句："是谁发明钢琴的？为什么要发明这种乐器？"

丈夫与我都从小学琴，对我们来说，孩子会弹琴不是梦想的寄托，而是"理所当然"，然而这理所当然认真想起来也并不公平。书旂最擅长也最爱的是绘画，她不管到哪里，小朋友都围着她，要她画画。学校老师用"超群"形容她的艺术气质，他们认为她的父母当中应该至少有一个人是画家。

这个孩子只要一坐上钢琴椅，就完全像另一个人！她平常很乖、很甜，但是一到上钢琴课的时间，她就用"时间战术"跟老师拖延。爸爸生气了，跟她两个关在房间里好好地谈。

我进去时，只见她泪流满面，我说："你不负责，爸爸生气骂人了吧！"

她委屈啜泣着说："可是骂人也可以温柔一点呀！"

爸爸当下又好气又好笑地说："温柔就不叫骂了！"但这对书旂来说是很难理解的，她的世界温和美好，整天笑嘻嘻。

记得更小的时候，有一次她耍赖，爸爸佯装要打她手心，拿的是一只浅蓝色的玩具球杆，书旂竟含着泪水，伸出手说："我比较希望你用粉红色的打！"

我们也曾让她罚站，怎么说都无法使她双腿并拢站挺，耐下心来问她，她才一脸委屈地说："那样不好看。"直觉告诉我，这个孩子

妈妈是最初的老师

从小有自己独特的眼光，或许我们该给她更多的空间。

回想书旆的成长，这两年来，我不禁自问：

我是不是根本就没有真正面对过她不喜欢弹琴的事实？

我是不是根本就当这是一个失败而不愿意面对它？

我是不是认为有美术天分的孩子，就理所当然该有音乐才情？

是否我在无意中认为会画画其实不如会弹琴？

整理完自己的想法后，我问丈夫孩子停掉钢琴课他会不会遗憾，他说："不会，这并不代表她这一辈子都不再有机会重新来过。"我也想起书旆对音乐的天赋也许不在于会弹奏乐器，而是另一种欣赏。她很喜欢读音乐家的生平，也喜欢听作曲家写曲的背景故事。如果她在当中得到有关音乐的快乐，我为什么要只介意她不会弹琴这回事。于是我们决定停掉书旆的钢琴课，不把这件事与恒心毅力相提并论。

我把这篇记录留在计算机档案里，希望书旆长大之后再看，我要对她说：书旆，这个星期起，你的小小手也许不再去触摸琴键，但是妈妈仍然要牵着它们，和你一起去探索不同的领域和新的乐趣。让我们手牵着手，牵着手的我们可以慢慢地走。我也想告诉你，妈妈真的很羡慕你左手拿着笔可以画出任何东西的能力。我爱你！我的小小艺术家。

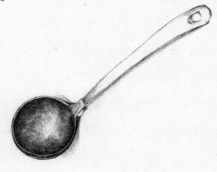

因为我是母亲

所以

我愿意比孩子更积极地

面对成长的困难

让孩子做家务，除了要帮助她不脱离家庭互助的轨道之外，还要帮助她面对一个永远存在的事实——人人需要一种平衡的生活。不能因为用功读书，其他事情就由别人代劳。不亲近生活琐事的人，会失去对生活的情感，也会减损体会快乐的能力。

今天可不可以不洗碗？

晚餐结束后，孩子们和家惠（我们请来的帮手）开始清理餐桌，我回书房继续黄昏前进行到一半的期刊整理工作。没过几分钟，乐旂走进房里，用商量的语气问我：

"妈妈，我明天要交的功课还有一项没做完，今天可不可以不洗碗？"

我从满地的书里站起来，扶着她的双肩对她说："不差这一二十分钟，大家一起把事情做完再去完成你的功课吧！"

也许是因为我的态度很坚决，她爽快地答了一句："噢！好。"就转身往厨房走去。我坐下来继续工作，脑中不断浮现有关孩子做家务的教育问题。

这个学期乐旂的功课的确很重，加上她的自我期许很高，因此时间总是不够用。我看到她预习功课、复习功课、准备口头演讲、准备一篇又一篇的报告，甚至连周末也不放松。每天，她不再像五年级一样，5点多就无事一身轻地下楼去打篮球或游泳，而是把时间花在讨论报告的内容、检查语法上。看得出来，她对课业全力以赴，并乐在其中。

然而，当她开口要求我能不能免去她的洗碗工作时，我还是断然拒绝了。我一边整理书，一边细想餐后的整理工作。通常是一个人负责擦桌子、整理餐垫和检查地板的清洁，一个专司洗碗，另一个负责把碗盘上架的人则同时擦拭炉台和整理柜。一切就如我跟乐旂所说，工作是在一二十分钟内就能完成的。

洗碗很重要吗？我想，任何照顾自己的生活技能都很重要，更重要的是，这些一起分工完成的家务代表家人同心协力、相互体贴的情感。

我心里衡量，乐旂可以晚些上床，也可以节省其他的时间来补足这一二十分钟的学习。这个坚持除了要帮助她不脱离家庭互助的轨道之外，还要帮助她面对一个永远存在的事实——人人都需要一种平衡的生活。不能因为用功读书，其他事情就由别人代劳。不亲近生活琐事的人，会失去对生活的情感，也会影响体会快乐的能力。

在我求学的年代，母亲执意要给我们最好的家庭教育，即使是联考的前一天我们也照常洗碗、拖地。教育与日常生活是紧紧相连的，知识也不是只存在于书本课业中。这些学习与磨炼在进入社会后，使我受益无穷。

如今在我的小家庭中，我因为有时得出门远行而不得不雇请帮手。我所面临的问题是如何在一个有帮手的家里，仍能好好教养女儿，教会她们关心家务以及用心整理自己的生活环境。

做家务和带孩子长大一样，如果完全假他人之手，便不容易产生深厚的情感，我喜欢自己熟悉家中的所有事务，所以每个星期会刻意挪出一两天留在家里做家务。有时候，我用一整个上午重新布置家里的摆设；有时候，我流一身大汗拖地洗衣、给橱柜换香纸、检查孩子们的衣柜，看哪些衣物该送人，哪些该汰旧换新。因为一星期中有那样的一两天，虽然家里有帮手，我仍然与居家生活保持紧密的联系。孩子渐渐长大的这几年，我更积极地教导她们做家务。

我常常担心家惠为孩子们做太多事，所以得花很多时间跟她沟通，比如八岁的书旂不应该一边看书、一边让她吹干头发，或者洗衣篮里的换洗衣服如果没有翻面，应该请她们再做一次。所有对大人来说只是举手之劳的事，要用来教导孩子往往最难。不过，坚持是处理这种状况最好的方法，这除了让孩子学习做家务，也是让孩子懂得正确对待人的好机会。

曾有朋友晚餐后来访，看到我带着女儿和家惠在清理厨房而大惑不解。我想那是因为他们不了解我的成长经历。母亲曾花费许多时间，教会我逐渐加深的生活功课，她的心血成就了我的生活能力与创造力。我爱我的孩子，希望她们也能了解我曾体验的快乐，学会我所拥有的生活技能。

当了母亲之后，这些问题的答案自然而然地和孩子们联系在一起了。做一道菜时，想到的是她们惊喜的表情；布置家里的任何一个角落，想到的是她们闪亮的眼睛。一盆花能不能换来一瞥惊艳的目光？

037

第一部　深根

营造妈妈气氛

书旂每个星期会写一篇文章交给她的老师，题目自定。这种方式非常符合她那种天马行空的个性。不管她写什么，我都很爱看，因为从文章里，我可以看到一个九岁小女孩的心思体会和生活写照。

上个星期，书旂的文章是三段小短文。"信息不够，所以我写短短的。"她这样告诉我。我知道她写文章就像用字来画图，在生活中看到什么就画什么。打开她的本子，第一段的主题是"兰花"：

兰花是妈妈最喜欢的花之一。曼谷有各种颜色的兰花，有深浅紫色、白色、黄色，还有带着斑点的各种特别的颜色。妈妈通常用咖啡点点的黄色兰花搭配橘色兰花来装饰我们家的餐厅，她还在起居室里种了很多白色和紫色的兰花。爸爸很会照顾植物，他自己去买所有的用品，照顾这些花需要很多东西。

每个星期五下午，妈妈会走路到中央百货公司的花店去选一大把兰花回家，所以星期六的早上，当我们吃早餐的时候，姐姐和我就可以看到最新鲜、最美丽的花在餐厅里绽放。

看完这篇短文我很高兴，书旂注意到了我总是选星期五去买花，只因为一个星期中，孩子们在家最长的时间是星期六、日两天。我很希望把花期最好的时候留给她们在家最长的时间，所以才会特别安排在星期五下午买花。孩子注意到妈妈的用心，我当然感到很欣慰。

许多时候我会自问：生活的梦想和快乐到底是什么？当了母亲之后，这些问题的答案自然而然地和孩子们联系在一起了。做一道菜时，想到的是她们惊喜的表情；布置家里的任何一个角落，想到的是她们闪亮的眼睛。一盆花能不能换来一瞥惊艳的目光？一道新点心她们会说"好"，还是"非常好"？受了挫折的孩子有什么可以鼓舞她？面对哭泣的小孩，我拿什么来抚慰她受伤的心灵？母亲的担子既烦琐又甜蜜，有时沉重，但没有人想抛开。我也一样，在日复一日的努力中探索着专属于"父母亲"的乐趣。

每一次，我在不得不离家，无法亲自照顾两个孩子的时候，总会考虑如何营造一点"妈妈"的气氛。通常是在冰箱里留一些特别为她们做的食物，和她们预读一些诗，好让自己不在家时，她们也可以再读一遍，就像平常每个晚上的陪伴一样。更重要的是，我总是交代家惠，餐桌上的花要记得保持新鲜，好让孩子们看到花的时候觉得开心一点。

这些花就这样默默地、美丽地传达着一个妈妈想为孩子做的一切，我很感谢它们的存在！

无论什么理由

设想你们的快乐

就是我生活中最开心的计划

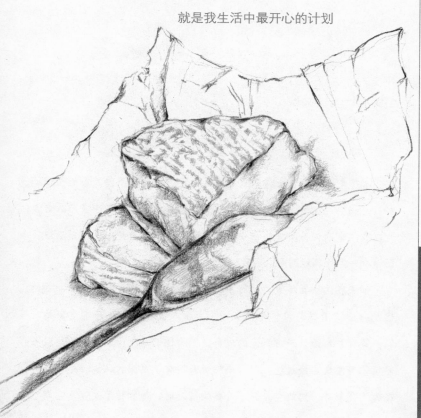

"没有什么比留下这些记录让人更富有；

没有什么比能在未来清楚地对你的后代叙述家族历史更重要；

我喜欢这门功课，我要把她送给我的家人。"

书旂的寻根工程

　　书旂拿了一大沓资料从我身边走过，她以百思不得其解的神情问我："妈妈，我的Roots Project中文该怎么说？"她的中文不大好，所以我常常建议她，把生活中所接触到的英文问清楚中文该怎么说，而她也一直认真地朝着这个目标努力。

　　如果就这项五年级足足做了一个学期的功课而言，这个project的确是一项"工程"。"寻根工程"是每年五年级的孩子都要做的功课，写直系家谱、采访三代的成员，并为他们写小传记，工作分量不轻但很有意义。经过这半年，书旂对家族有了更深的认识，最起码，在为了写爷爷、奶奶和外公、外婆的传记时，她和祖辈交谈的话题已经超过日常生活的深度与广度。

我看到书旂在这项52页图文并茂的功课里加上的最后的感言：

> 　　我要对我的家人、老师和好朋友说"谢谢"，不管他们住得是远是近，家人提供了所有我需要的资料和照片。罗森老师严格地督促我们，因此这个工作才能顺利完成。还有这么多好朋友给了我不同的意见，所以我才能圆满地完成这份工作，谢谢你们！

　　我记得好几个温馨的夜晚，在曼谷家中的茶屋里，书旂左手执笔，一脸专注地采访爷爷奶奶或外公外婆的每一个细节，烛光、茶香和弥漫其中的祖孙情令人动容。通过她那次采访，连我对公公婆婆也有了更深刻的了解，许多事是我嫁入翁家15年才头一次听到的。通过孩子的笔，我们留下了感动与世代接续的柔情，这是这项任务真正的意义。

　　学期中有一次亲师日，罗森老师曾让我看过书旂写的有关爸爸和妈妈的部分文章。我很失态，难掩激动地当场落泪。我没有想到书旂在平常琐琐碎碎的谈话里汇集了这么多的内容，我也不知道才11岁的她，心中竟有这么强烈的家族观念。多年来，我一直担心她从小受西方教育，容易以自我为中心，也担心让她从小在异国文化中成长，使她失去安身立命的精神寄托。看了她的文章，我终于放下过多的忧虑。

　　今晚书旂就要把她的功课交出去了，而学期也近尾声，挥挥手她就要成为美国学制里的中学生！我们用摄像机留下了她的"寻根工程"，纪念她的成长。就如她自己在作业的前言中所说：

没有什么比留下这些记录让人更富有；没有什么比能在未来清楚地对你的后代叙述家族历史更重要；我喜欢这门功课，我要把她送给我的家人。

是的，书妡，我们都收到了你来自心灵与智慧的礼物，谢谢！

043

第一部 深根

炒虾的学问

晚餐前，我准备炒一盘新加坡式的咖喱明虾。家惠已经帮我把每一只明虾剪成三段，在大盘中各据一角。下锅前，我把正在做功课的两个孩子叫到厨房来，要她们看我做这道菜的程序。我先把虾头放入热锅中翻炒两三分钟，再放入中段的虾身，最后再放入虾尾。我一边做，一边询问她们，知不知道要分次放入食材是因为有食物的厚度与热处理所需要的时间问题。仔细思考后，她们的回答都很正确。后来在餐桌上，我们又分享了一些厨房里的小常识。

像这样的生活教导，每天都可能发生在孩子们的书房、浴室或我们的厨房及起居室中。我的灵感并非来自养儿育女的专家著作，我只是在重复父母亲对我的教导而已。

一直到孩子渐入青春期，我才深深感受到母亲对我的教导是多么的巨细靡遗。我也总是在别人对我的赞许声中才发现，许多良好的工作习惯都是母亲从小陪伴我建立起来的。我在小学的时候，母亲就教过我，煎鱼之前要先把鱼擦干才不会引起油爆。污斑要勤于清理才不会因为经年累月成为顽垢，更是母亲一点一滴以身教、言教同时引导我的。当我左手握铲、右手持长筷，稳稳地翻弄着锅中一大团难以操作的食物时，旁观的亲戚曾惊讶地问我：

"你怎么知道要这样使用工具？"

我想了一想，转头幸福地答道："妈妈教我的。"

答完后，我不禁自问，我有没有把母亲给我的日常教导也以耐心和行动传递给孩子，像接力赛一样，让家族的光荣传统传承下去？

我曾在书上看过一段心声，这个有心人语重心长地写道：

有时候，我们只顾把我们少时未能享有的东西给子女，却忘记了给他们我们曾经享有的东西……

这段话对我来说真是美妙无比！父母养育我们的年代，物质条件远远比不上我们养育孩子的现在，然而物质的丰富不一定带来同等的满足与快乐。我也想给孩子自己童年时的许多丰足，那都是父母亲以有限的物质条件和无限的关注为我们经营累积起来的。

上星期，七年级的乐旂正在课堂里学家庭缝补的工作。由于她出了一趟远门，所以落下了两个星期的功课，她问我能不能教她使用缝纫机。那个晚上，在为她解说许多细节和要领时，我突然想起自己初学缝纫机时，母亲叮咛我的许多话。时间过了28年，但是除了脚踩的

"胜家"缝纫机变成了电动的工具之外，什么都没有变。我成了母亲，乐矵成了当年在缝纫机边受教的我。更重要的是，有一份完整的爱跨越了时间与空间，把母亲、我和孩子的情感线，丝丝缕缕地织成一片。

第一部

深

根

> 礼堂中闪光灯此起彼伏，每一个孩子都卖力演出，每一对父母都感动万分，就像校长的结语所说："你们一定会以他们的成果为荣！"

令人激赏的教学参观日

12月的第一个星期四，是四年级的教学参观日。算一算，这是孩子入学后我们参加的第六次教学参观日。三年来，我觉得最惊讶的是，学校的活动总是排在早上7点半开始，但是父母的出席率却非常高。一大清早，校园中到处是衣着正式，带着相机、摄像机的父母。

所有音乐课的成果都在礼堂展示。在这个小学，你看不到任何一个明星学生，所有的表演都是大小团队的呈现。孩子们开朗活泼，但他们的表演非常自然，不是精英教育式的训练结果。礼堂中闪光灯此起彼伏，每一个孩子都卖力演出，每一对父母都感动万分，就像校长的结语所说："你们一定会以他们的成果为荣！"

在礼堂看表演的时候，我注意到一件事：四年级一百多个孩子全坐在右侧，他们虽不算吵闹，但也低声嘻嘻哈哈地各自交谈。准备开演的时间一到，一位老师走到座位的前面，开始做了几个手势，越来越多的孩子跟着做。等她变换了两三个手势之后，全场已经鸦雀无声，每个孩子都跟上动作了。就这样无声无息，一个老师集合了一群混乱中的孩子。当所有的孩子都静默下来之后，老师便对孩子们深深一鞠躬并用唇语说："谢谢！"我非常欣赏这一幕，比起传统中的集合，老师总是声嘶力竭而孩子也多半无动于衷，这真是非常值得学习的教学法。

集体表演结束之后，家长们被带领到教室里，一学期的学习成果都整理好了。我发现老师自始至终只说了"欢迎"和"谢谢你们到来"这几句话，其余所有的成果报告都由孩子各自带领父母进行。

显然他们事先已经有周详的计划和路线，所以每个孩子都懂得如何引导父母，并详细介绍他们的学习进度：语言课学了哪些，科学学了哪些，谁是学习伙伴，计算机里又有哪些档案，孩子都交代得清清楚楚。

一个教学参观日让我了解了书旂的学校生活，在离开前我还拿到一封信。信上写道：

亲爱的家长：

在看完孩子们的学习成果之后，相信您一定会以他们的努力为荣。如果您能写下对他们的感觉及鼓励，并及时寄出，那么，星期一的早上他们便能愉快地打开您亲笔写的信。为此，我们已帮您准备好学校的信封，只要写上班级老师和学生的名字，信件就会送达孩子的手中。

谢谢!

四年级所有的老师启

后记

在给书旂的信中，我告诉她，爸爸多么喜欢她设计的用来标志时间的那条蟒蛇图腾；而我看到她的水鸟观察日记时，觉得她用艺术家的眼光记录动物的生活习性，既丰富又有创意。相信她收到信的时候，会觉得惊讶又开心。

妈妈是最初的老师

那天下午当我打开信封时，上面写着：

"亲爱的乐旂：恭喜你！欢迎你成为1999宇宙飞船上的一员！"我即将进行太空之旅的喜悦从那一刻起充满了我和家人的心中。

太空之旅

049

第一部

深根

乐旂从科学营回来已经将近三个月，偶尔翻看她带回来的几十页密密麻麻的日记时，总想催促她把此行的经过写成一篇中文。这样的想法，是因为行前我们曾陪她出席一学期一次的学习进度报告，当乐旂问她的数学老师缺课这两星期要补交哪些报告时，满头银发的慈祥的威廉斯老师望着孩子的眼睛说："乐旂，我要你给没能同去的同学带回你搜集到的所有资料。我要你用心去体验所看到的一切，我为你生长的时代感到喜悦。在我的年代里所看不到的科学进展，在你们的年代里一定有令人惊喜的不同……"老先生诚挚的神情、殷切的叮咛至今仍回荡在我的耳际。下面就是乐旂的分享：

我在小学四年级下学期进入曼谷国际学校读书。在台湾念完三年级之前，我懂的英文不超过十个单词，所有的基础都靠来曼谷后的几个月中，到一位新加坡籍的林老师家补习。每天妈妈开很远的车程送妹妹和我到湖边别墅去上课，有时一两个小时，有时一连四个小时。回想起来，四年级的课堂上，我所能听懂的东西真是非常有限，但是老师们鼓励我，让我相信自己很棒。他们甚至在我上课满一周后，就让我离开语言补习班，进入正规班跟着大家一起上课。

五年级，我从日本同学惠美子那里得知，她上七年级的姐姐到美国参加了太空科学营，虽然我不太清楚那是个什么样的活动，而且我的英文水平也很不足，但心里却很希望有一天自己也有这样的机会。当我告诉爸妈这个想法的时候，他们一点儿都不觉得这是一个超乎我能力范围的梦想，只给我极大的鼓励和清楚的建议：我得加强英文跟科学知识方面的学习。妈妈常常跟我们提"取法其上"的意义，她希望我们做事都设定最高目标，然后全力以赴，如果真的努力过，结果好不好就不必在意了。

六年级我上了中学，学校把我们当成大人一样看待，教我们许多组织的能力。我的英文有了很大的进步，各科成绩也迎头赶上，于是我决定参加太空营的选拔。送出申请之后，三个星期的等待变得很漫长。宣布录取名单那天是愚人节，我忍不住问老师，公布的结果会不会是个玩笑，老师很确定地说："不会！"那天下午当我打开信封时，上面写着："亲爱的乐骄：恭喜你！欢迎你成为1999宇宙飞船上的一员！"我即将进行太空之旅的喜悦从那一刻起充满了我和家人的心中。

1999年10月23日清晨，三位老师带着我们30位七、八年级的学生，从曼谷起飞，在东京转机，自西雅图进入美国境内，入境后再飞往曼菲斯过一夜，第二天早上才飞抵我们的目的地杭特村。在出发前我们每个人都拿到一本手册，沿途所需要记录的事项都列在上面（比如，我们得记录为什么MCO是奥兰多机场代号这一类的问题，以及沿路的飞行图和每天的受训日记）。当我们被安顿在宿舍时，我觉得非常不可思议，电影中的宇宙飞船、基地和一切装备都在我的眼前。而房间、餐厅、升降梯，所有的一切设计都与太空有关，这都是我未曾亲眼见过的。

我们很快开始分组上课。我的小组里有六位同校的同学和六位来自美国当地的学生，负责带领我们的是一位名叫迪恩的年轻教练。我们首先接受的是各种不同的基础训练，像快速的旋转座椅，以适应晕眩；急速上升至48米再迅速掉落的升降梯，这个升降让我们体会到两秒钟之内失重的感受；贴壁站立在一个高速旋转的小房间内，在其中感觉到因为地心引力而变形的肌肉真是让人心惊；同时，我们也在强力弹簧椅上模拟月球漫步的情景。

每天晚上，我们回到自己的房间就记录当天学习的课程。要记的东西太多，而时间非常紧迫，所以我决定先写草稿，回曼谷再做整理。最好玩的部分终于到来，我们要开始仿真执行任务了。第一次我被分派到的工作是MS（Mission Specialist，执行任务的科学家）。宇宙飞行服太大，行动很不方便，我对任务还不熟悉，但努力想做好它。第二次是SOCC（Satellite Operations Control Center，太空指挥中心），我的工作是负责帮助宇宙飞船中的科学家解决所面临的困境。执行第二次任务时，我的体会已经比第一次好多了。我在当天的日记里用英文写下："这是我在太空营里最棒的一天，我真是喜欢当一个航天员的感觉。对我来说，最具挑战性的经历是我的第二次任务，我解决了所遇到的问题并成功地完成了任务……当宇宙飞船着陆，我们知道自己的任务完成时，真是最难忘、最珍贵的一刻——我们的小组同心协力实现了目标。在一整个星期中，我们都在学习如何协作，如何互相支持，如何领导以及如何坚强。"

最后一天，每个人上台接受结训证书。我们的小组"卡力斯多"还得到一个最佳团队任务奖，而我自己则得到一枚"卓越受训员"的奖牌。

这次太空营之行让我有机会发现更多的自我。我肯定自己具有领导力，在团体中被领导时也很配合、协作。除此之外，我还发现宇宙太空非常有趣，或许将来有一天我也会希望成为一个航天员，或像我的教练一样，把自己所知道的教给孩子们。但更重要的是，我相信，通过努力，我一定可以实现自己的目标。

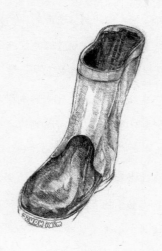

春风化雨

　　孩子带回学校每个月发行一次的刊物《砥砺》。前两页照例是校长多明尼克先生的文章，恳切的文字一次又一次地传达着他对这个学校和自己的殷殷期望。我很喜欢看，有时记下一点简单的笔记与孩子及朋友们分享。

　　这个星期，校长谈的是"老师"在每一个人的生命里所产生的影响。他从自己小学六年级的回忆写起，回忆中有奇妙的诗歌和故事，那是当年一位老师时常大声朗诵给他的礼物。这些朗读的文字和老师的心意，在他的心中激起了希望，希望有一天自己也能去探索那个别具深意的世界。

　　对于老师所能给予的无边影响，我自己也感受极深。前天凌晨，我们去机场迎接离家两个星期的乐旂。当她在人群中出现时，我仿佛看到一个比离家前更成熟持重的少女向我们走来。一阵久别重逢的激动后，我们要乐旂跟老师先告别。就在那一刻，我看到几乎和老师齐高的乐旂向克拉马女士走去。两人同时伸开双臂深深地拥抱了对方，静默了几秒之后才说再见。我在一旁看着这真情流露的一幕，眼眶不禁湿润了。这两个星期中，老师不只是"老师"，老师也同时是"母亲"，在每一个生活的片段中照顾、引导她。孩子的恋恋不舍中，必定有着许多的感谢与美好的回忆。

多年来，我一直帮孩子们保留老师给的每一张纸条、卡片或作业上的留言，那些话语记录着老师与她们的互动。鼓励的言辞和溢于言表的真情与期许，在小小的心灵中，会像滚雪球一样不断累积出更大的力量。

当我离家的时候，小女儿书旂的老师不但写纸条告诉我孩子的状况，更鼓励孩子、拥抱孩子，并且告诉她："我非常以你为荣，爸妈不在家，你把自己的事情做得这么好，爸妈一定非常骄傲。"书旂的功课并没有因为我们不在场有所下降，反而在老师的鼓舞下一次比一次更好。

乐旂的老师也时常在报告之后给她一些留言——一针见血的批评或毫不掩饰的激赏。最近她收到科学老师给她的卡片，其中有一段令人难忘的话，这都是激励乐旂中学生涯热情十足的动力。卡片的最后写着：

我时常希望能幸运地遇到和他们真正联系起来的年轻人。谢谢你成为其中的一位。

生命无法彩排或练习，也无法回头，因此每一个老师都掌握了学生重要的生命时刻。他们通过亲切的照顾、警告、训诫、赞扬和身教来完成最困难的工作。他们和父母一起深深地影响着明日世界的参与者，亲手栽植未来的希望。我羡慕为人师而自豪的人，更感谢在春风吹拂中，许多孩子得以自信健康地成长。

第一部 深根

孩子和我一起度过许多美妙的心灵时光，她们学习克服自己的困难，而我学习做个尽心尽力的母亲。

生活里琐琐碎碎的感怀，就这样随着淡淡的笔迹，永远留在任意翻出的某一本书的某个角落里……

写在书上的笔记

　　每次和孩子们一起读书，我总是喜欢在书上写下一点小记事，遇到她们不懂的词或字也会用铅笔轻轻一画，加点注解。我一动笔孩子就叫，非常心疼地制止我："别画，妈！拜托你别画！"但从来没有人能制止得了。我兀自把自己的快乐建筑在她们的"痛苦"之上，不时地用铅笔轻轻在书页的空间里记下一些对我来说很重要的东西。

　　我知道很多惜书的人都会讨厌我这种做法，但是我有自己的心情故事。

　　上星期，学校要孩子调查自己家里藏书的数量，于是我们点算了一下书房书架上的书，我从这个清查中发现了一件有趣的事。1 600多本书中，将近有200本是15岁以前伴随我成长的旧书，这些书现在孩子们还都爱看。翻开旧书，会发现在书上做笔记是我年轻时就有的"坏习惯"，但也是在和孩子们一起读这些书的时候，那些随意记下的笔记串联了我和孩子的童年。那种感觉真是奇妙极了，我们竟能穿越时空同桌共座，共读同一本书！

我留着大学课堂用的四书读本和唐诗，上面有许多笔记。这些书陪伴过大女儿好几年成长岁月，现在我又用它来带领小女儿。书页因常翻阅而变得很陈旧，再不细心保护就要支离破碎。每当我从书架上小心翼翼地抽取出它们的时候，心中总会泛起一种丰富扎实的满足感。

我之所以喜欢随手记下只言片语还有另一个原因。我的生活里时时有一些值得纪念的片段与感悟，但时间却常常不允许我坐下来，郑重其事写成记录，所以我喜欢在事情发生的当下，记几句心中所感。日后翻阅重读时，脑中会浮现当时的景象，心情也记在其中，这对我来说非常珍贵。

今天是假日，早上我约了两个孩子一起读《泰戈尔诗集》。这本诗集和另外三本英诗集我们已经断断续续读了好几年，所以书上有一些我的记录，比如哪一首诗是何时我曾和哪个孩子一起读过的，行距中的字迹也画出我们认真讨论过的诗句。在书页中，我看到在《叶慈诗集》的序言下有一段留言，时间是1998年2月，我写着：

> 带你们念书这么多年，妈妈今天才发现有个小步骤我可能一直都错了。我应该先让你们把文章看过一遍之后，再请你们开口朗读。

记了很简单的几句话，笔触轻轻地占据了标题旁的一小块空白。这段笔记对别人来说不会有什么意义，但对我却是充满回忆与感触的见证。孩子和我一起度过许多美妙的心灵时光，她们学习克服自己的困难，而我学习做个尽心尽力的母亲。生活里琐琐碎碎的感怀，就这样随着淡淡的笔迹，永远留在任意翻出的某一本书的某个角落里。片段的言语虽然难以结集成册，却是我最值得珍惜保留的生活笔记。

> 我多么希望每个孩子在既定的课堂上、成长的过程中也都能受到这么健康的"健康教育"。
>
> 如果他们有机会深度了解自己、照顾自己，那将是我们能给他们最好的礼物。

别出心裁的健康课

和乐旂散步的时候，我们常常谈到她的"健康课"。最难忘的是过年前的一次同行，她问我："妈妈，你知道我们为什么要上健康课吗？"先前她们正在上"人体的骨骼"，她喜欢一边散步，一边复习那些拉丁文的学名给我听，还告诉我为什么要背这些名称。现在她又考我新问题，为什么要上健康课？

"因为我们需要了解自己的身体，然后才能好好注意健康。"她自问自答。

我很欣慰老师这样教她，事实上，她对健康课的认真态度是我难以理解的。这门课不管在自己受教育的哪一个阶段中，都是无法跟主课相提并论的点缀，然而我看到了乐旂学校不同的做法所带来的影响。

首先在课程安排上，他们把一整学年的课都集中在一个学期，授课总时数跟台湾课程一年所排定的差不多，但是每天上课让概念更连贯（同一个时段健康课结束后，依序排的是音乐、设计及家庭经济）。当孩子们上完六年级的课之后，要等到七年级的第一学期才会再排健康课程。他们有个可爱的传统——全班在结束一个学期课程的那一天一起宣誓，明年再上健康课前要努力保护自己的健康。

六年级的健康课除了概论之外，学校更致力于毒品与烟酒之害的教育。先是安排一组特地从美国飞来的毒品专家，举办一个星期的密集演讲。我问乐旂听得懂吗，她说非常清楚，因为演讲者都是自己曾经陷入毒品或烟酒的瘾君子，因此他们对毒品的了解非常深刻，讲起来特别生动也更具警示性。听完演讲后，健康课正式进入课程讨论与器官教学，而科学课则在同时安排认识相关的化学物质，以便和健康课挂钩。

我看到他们做的功课非常有趣，比如去搜集许多香烟广告，研究烟商如何避重就轻地放松人们对烟害的警觉。他们还同时做另一组反讽的文字广告来谴责烟商，指出他们应该负起的道德责任。当她这样说的时候，我从她微微激动的语气里甚至可以感觉到正义的愤怒，很值得成年人来检讨和思考。

上完六、七两个年级的健康课之后，乐旂轻易就能在生活中为我们解说烟酒与毒品的深度知识。当她偶尔举出精确的数据时，我常感到惊讶，但她笑着对我说："妈，想想看我们已经学过多少次了！"接着她又告诉我，当她看到健康的猪肺和养在二手烟里的猪肺时，心中有多么震憾。她又说，有些小孩抽烟是因为跟大孩子在一起，自己没有定力也没有足够的知识，才造成这样的结果，所以知识很重要。

分享完乐旂的健康课，我多么希望每个孩子在既定的课堂上、成长的过程中也都能受到这么健康的"健康教育"。如果他们有机会深度了解自己、照顾自己，那将是我们能给他们最好的礼物。

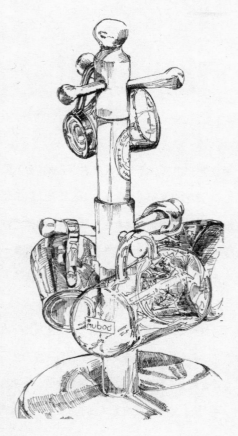

陪伴关怀

是我亲子功课的第一项

第一部　深根

乐旎和我商量很多装扮上的细节，我知道自己必须非常耐心地用孩子所能接受的观点来讨论，最好的方法就是"证明"。

当她想戴项链，而我觉得那可能太成熟、不适合她时，就让她在镜子前试试另一个小花项圈的感觉会不会更好……

青春少女的毕业舞会

乐旎就要从中学毕业，学校将于5月26日晚上在饭店举行毕业舞会，男孩一律穿西装，女孩着正式礼服。学校每年都为中学生办三次舞会，除了身为学生会会长必到的舞会之外，乐旎很少参加其他舞会，所以看到通知单的时候，我并没有什么特别的感觉，也不觉得要为她准备些什么。可是对孩子来说，这是意义不同的"毕业舞会"，所以接下来的两个星期中，我成了美容顾问，完完全全融入青春少女对初次正式舞会的期待与兴奋中。

首先是找礼服。要找一件妈妈和女儿都满意，而爸爸又不会受到惊吓的小礼服就很不容易。周末我们花了六个钟头到处奔走，终于找到一件完全不用修改、极合身的小礼服。当我看到女儿穿着平口、细肩带的晚装，亭亭玉立地站在眼前时，除了眼睛一亮之外，老实说还有更多的不习惯。吾"家有女初长成"，但她毕竟是只有14岁、每晚还来床上撒娇的大孩子，竟然以如此窈窕的姿态出现，还有那完全裸露的双肩，真是让人担心。

当爸爸的恨不得那件漂亮的小礼服能密不通风，三番两次问道："不用加个披肩吗？或者小外套也很好。"直到我们同时想到，在游泳池旁她穿的并没有比这礼服多时，才突然觉得自己真好笑。

班上的女孩们全都很兴奋，家里电话响个不停，情况交流、唧唧喳喳。然而学校的考试一科科接踵而来，还有一大堆报告要交，所以我必须不时把她从高昂的情绪里唤回书桌前。不过仔细想想，换做是自己，恐怕也一样难掩兴奋。我切实地体会到了孩子们是如何期待一探成人世界的心情，也希望在准备这次舞会时教她做得体的打扮。

整整一个星期，乐旂和我商量了很多装扮上的细节。我知道自己必须非常耐心地用孩子所能接受的观点来讨论，最好的方法就是"证明"。当她想戴项链，而我觉得那可能太成熟、不适合她时，就让她在镜子前试试另一个小花项圈的感觉会不会更好。她的所有想法也一定要试试看再做决定，这种软性的说服很有效，也避免了许多不必要的冲突。

我想让她知道，装扮不是把最美的东西往自己的身上堆就好，协调是最基本的原则，适合年龄的打扮更重要。无论穿什么衣服，让一个人变漂亮的不是名牌衣物，而是人与衣服的融合，看起来舒服自在。所以自己要先完全接纳衣服才会产生自然的仪态，散发自信的仪态最漂亮。

舞会很成功，孩子们玩得很开心。但是令我最安慰的是，舞会结束的第二天早上，乐旂已经自己做了早餐吃，并读完报纸，一身家常衣着地安坐在书桌前写报告了。脱掉水晶鞋的灰姑娘又开开心心地回到一个中学生该有的生活里，没有太多的杂念与余波，而是踏实地迎接下一项功课和报告。至于舞会呢，反正九年级还会有！

蓄　积

绵延三代的家庭爱是我们最重要的精神依靠。

2001 年6月，

我们进行了第二次迁移。

当时不但八年级的乐旂是学习、

体育、

音乐各方面都出色的学生，

妹妹书旂也快乐地悠游在知识与艺术的天地，

是无忧无虑、

充满创造力的小学五级学生。

但因为丈夫对重病母亲的牵挂，

我们还是选择全家团聚，

让孩子们再转回台湾受教育。

在考虑回台湾的时候，

曾有许多朋友劝我们把孩子们留在曼谷，

或送到美国的寄宿学校继续英文教育。

几经思量，

我们还是决定全家一起行动。

理由很简单——孩子的成长需要父母。

不只是生活照顾，

父母也是孩子知识与品格教育的直接影响者。

在她们高中毕业前，

我们不想因为学校或教育制度的优势而考虑

舍弃家庭所能给予她们的生活力量。

有一个周末，她拿到196道题的数学作业，竟然在桌前笑得前俯后仰地说：

"我在曼谷时真是太好命了，老师最多布置40道题。"

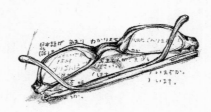

196道题的数学作业

我永远忘不了在餐桌前对两个孩子宣布要搬回台湾的情景。话题才一开，惊愕的气息就漫涌在她们与我对坐的空间里。乐旂两眼睁得大大的，一阵阵难以置信的轻笑，脸渐渐转红，问道：

"妈，有多大的可能性？"

"90％吧。爸爸还没有做最后的决定。"

她的脸更红了，眼里闪着泪光，却始终没有让眼泪掉出来，只继续拍着自己的前胸，用一声声不自然的笑来掩饰激动不安的情绪。我不忍心多看她，目光转向不知所措的书旂，轻声对她说："我们至少会回去一两年，你的中文学得少，会很辛苦、很辛苦，知道吗？"她乖巧地点点头，眼中闪着茫然，一时间我心里真是难过到了极点。

然而我的难过与担心并没有持续太久，第二天早上，姐妹俩已开开心心地在做回家前的种种准备。家里电子信箱忙个不停，暑假里都回到自己国家的同学纷纷给两个孩子来信。

　　有人说："让你爸妈自己回去，我们家有很多房间可以让你住。"

　　还有同学说："我们可以领养你，我妈妈一定会爱死你，而且美国政府还会帮你付学费。"

　　邻居一看到孩子们也说："哦！你们真的要走？我们会很想念你们！"关心与友爱充满我们离开前的每一个日子。

　　既已决定，我们立刻以最积极的行动为孩子们接受台湾的教育做衔接准备。美国学校放假后，我们还有三个星期才启程回家。我们跟孩子们讨论了一下从台湾寄来的课本，打算回家之前尽可能先为国文课做补习。乐旎的中文比较好，我把四本国中课本该背的古文都圈出来，以一两课为例，指导她该如何进行研读，然后让她自己去准备。

　　书旎是需要我一课一课教的，因为她不曾在台湾上过小学，中文虽说得不错，但不大会读，写就更不用说了。在此之前的五年中，我虽常常教她中文，却多半以思想或美学的范围来吸引她的兴趣，如今我已无法回避这些文字基础的缺漏。我决定从小学一年级的第一课开始教起，以地毯式的搜索，会的快速复习，不懂的多花时间。这当中最让我费心的，是她用左手写中文的笔画，因为书旎其实是用"画"的方式把字写出来的，更奇怪的是，她的每个字都像植物一样从地里生根，由下往上写成，我一时之间才明白，这趟回去对她的挑战有多大，而自己又将要下多少工夫。

　　三个星期中，我们忙着里里外外的各项准备工作，孩子们则一心一意在家准备中文。她们迎接变化的态度使我感到欣慰，这已不是第一次。五年前我们初到曼谷，她们没有学校可读，那半年在家自修的日子中，两姐妹也曾如此耐心努力地克服迎面而来的问题，那段经历所延伸出来的能力，应该有助于她们今天所处的困境吧！我在难以回避的沉重中试图朝着乐观的方向设想。

7月底，圣塔飞公司帮我们把所有的大小东西都打包好，放进温度与湿度都符合标准的仓库里，明细单上详列着280箱物品的名称。当我接过签收单时，才真正有了要回家的感觉，心中也不确定下一次再把这些物品领出来重新布置成一个家又会是在什么时候。

7月28日，我们带着简单的行李和二百多公斤的书回到台南的家。两天后，乐旂就上学去了——国三的暑期辅导。这个一向都勇敢乐观的女孩义无反顾地走向她第二度转学的路程，五年里空白的课程都要重新补上，而曼谷国际学校的生活理念、学习方式也都要暂时放下。当旁人都为她捏一把汗时，乐旂对新生活并没有一丝埋怨，只有很多有趣的分享。如果你问她："你喜欢哪一种教育？"她会认真地回答说："各有各的好处。"

有一个周末，她拿到196道题的数学作业，竟然在桌前笑得前俯后仰地说："我在曼谷时真是太好命了，老师最多布置40道题。"

我担心别人对她英文的期待成为一种压力，所以问她："别人问你英文时如果你不懂，会不会觉得尴尬？"

她一脸天真，觉得这个问题太奇怪，自在地说："不会呀！毕竟我又不是一本英文字典。"

我想起曼谷国际学校的老师曾说："这个孩子心理非常健康。"我于是放下心来，祝福她辛苦奋斗的明天，每天为她准备一餐丰盛的晚餐和一束鲜花，配合着她的作息而早一点开饭。在餐桌上，我仔细聆听她轻言浅笑谈论一天的学校生活，然后记下当中的所思所想。

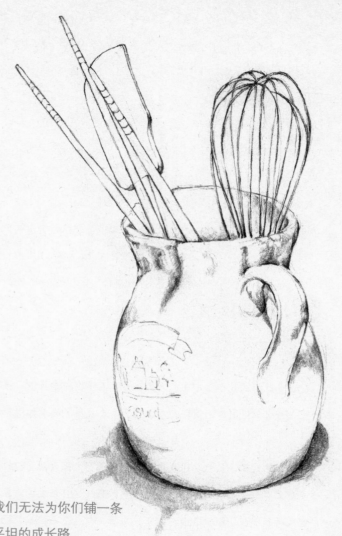

我们无法为你们铺一条

平坦的成长路

但是

我们可以用稳定的生活节奏与你们一起努力

乐旂回台湾后却没有时间写中文，她每天最常写的字是A、B、C、D和1、2、3、4。

有一天我抱怨地谈起她整天只在考卷上填写这些字时，她带笑地安慰我说："妈，还有甲、乙、丙、丁也会变得很熟，这是以前我没有用过的中文。"

读书读饱了吗？

回到台湾后的几个星期中，乐旂全力投入学校的学习中。除了写作业之外，她真的没有时间做任何事，成为一个我最不喜欢她成为的"专业读书人"。

在曼谷的时候，虽然功课也很重，但孩子至少每天还能拉拉琴、看点课外书，假日里也一定能抽时间出来学做烹饪、打扫之类的家务。但如今她整天只能与一堆参考书内的题目为伍，我甚至无法用"读书"来形容她所从事的智力活动。

回台湾前，我曾有个很美丽的梦——每晚在桌前与我放学回家的女儿读中文。我计划以国中三年的国文教材，循序渐进地补上她落下的中文课程。但乐旂回台湾后却没有时间写中文，她每天最常写的字是A、

B、C、D和1、2、3、4。有一天我抱怨地谈起她整天只在考卷上填写这些字时，她带笑地安慰我说："妈，还有甲、乙、丙、丁也会变得很熟，这是以前我没有用过的中文。"

我不敢相信一个转学的孩子在衔接课程时，竟然不是以语言的加强为主要项目，我觉得她应该把上英文课的时间拿去上任何一个年级的国文课。

乐旂也不能再每天运动了。在曼谷国际学校的中学部，每天都有体育课，并规定课后一定要淋浴才能再进教室上课。对青春期的孩子来说，不管是体能的训练还个人卫生的教导都很有成效。不再运动的乐旂常常觉得疲倦，有一天她不无遗憾地对我们说："我们只有没带课本或答错问题的人'才'可以被罚站。"听完这充满伏笔的陈述后，我们全都惊讶地望着她，接着她慢条斯理地道出心事："我常常想被罚站，因为我坐得屁股好痛。"

这几个星期中，她闹了不少笑话。考卷上人家要她填"几年级几班"，我看到她写的竟然是"二〇〇一年级义班"。还有，她不知道在课堂上是不准喝水的，回家很神秘地告诉妹妹，妹妹更不上道，竟然问姐姐："那能不能吃东西？劳森先生都要我们带点加餐的点心去上课。"我望着另一个浑然不知的小女孩，心中充满了送她去学校上学的担忧与一些莫名的兴奋。

上学后的乐旂胃口不如从前好，她说不太吃得下时，我总是笑她读书读饱了。说笑中有很多的不舍，想着这个年龄的孩子如果多做事、多运动，食欲应该是很好的，但面对着我特意准备的食物，她的兴致却不如从前了。然而她的睡眠倒是好的，每晚她头一沾枕头就睡着了。"基本上，我不是睡着而是直接昏过去的。"她对我们宣告自己的睡眠状态。她睡着后我常去看她，有一两次她突然坐起来，用英文噼里啪啦自语一段话又倒头睡下。我不禁纳闷梦中的她可是回到了曼谷国际学校的教室里，兴高采烈谈论的话题又会是什么？轻轻带上她的房门，我心中有了一道无解的生命问题。

如果教育可以用加减法来算，如今乐旂所减去的除了生活教育之外，还有法文、英文、音乐和思考性的读书方法，那么一年后，她所加上的又会是什么？

我跟书旂说，上课来不及记的东西或不会写的中文，先用英文记下，回家我再陪她补上中文。

但她不大愿意，仍然勉强写上中文，可惜有些字回到家不只她不懂，连我也不懂。

牵你的手，我们一起慢慢走

乐旂加入国三暑期辅导班后的一个月，妹妹也开学了。不同于姐姐的是，书旂从来没有在台湾上过小学，因此每件事对她来说都是陌生而新奇的。

第一天带她去六年级报到的时候，我发现，在曼谷国际学校看起来相当大的书旂，跟新同学比起来显得好稚嫩。中文程度落人一大截的她能努力且开心地度过这一年吗？我怀着些微的忧虑把她交给了老师，直到放学后接到一脸笑意的小女孩，才终于放心了。

第一天的晚餐桌上，她报告自己对新学校的认识："你们知道吗？我们学校很像百货公司。"

大家都挑眉不解地同声问道："为什么？"

她突然发出四个长短不同的音高，然后用那种我们大人很熟悉、她却从未听过的声音缓慢地说："报告，报告……"她原本就很擅长声音的模仿，不管口气或措辞都学得惟妙惟肖，逗得我们笑成一团。

然后她很慎重地问姐姐："你知道什么叫'司仪'吗？"

姐姐对她解释："就是MC（Master Ceremony）。"

她认真地想了一下说："可是她说话的声音很奇怪，又像唱歌，又像说话。"然后又扯着喉咙念了一段开学典礼上司仪的说辞。

我才想起，五年来不管参加曼谷国际学校的任何聚会或典礼都没有过这些形式，主持的师长总是单刀直入地问候大家，然后就开始主题，难怪对书旂来说这一切都这么新鲜好玩。

上学后的第一天，我问书旂有没有交到新朋友，她说："有很多，但有三个是比较近的（我猜是从'亲近'的英文直接翻译过来的）。"

"那你记得她们的名字吗？"我又问。

"嗯……那个苏什么丝，郭什么什么的……"讲了半天，一个名字也拼凑不齐，然后她突然非常感慨地说："我觉得她们都应该给我一个短称（昵称）。"

看来我们这位小朋友似乎一点都还未觉察，是自己跟中文不够亲近所以记不起来。她想：三个字的名字似乎长了一点，徒增新朋友的烦恼。

书旂是个左撇子，不只写中文、英文都用左手，经过她脑子处理过的东西也常常是相反的。我跟她说，上课来不及记的东西或不会写的中文，先用英文记下，回家我再陪她补上中文，但她不大愿意，仍然勉强写上中文，可惜有些字不只她不懂，连我也不懂。努力研究了半天，大部分是左右全反了的东西。比如，她会由左而右先写"月"，再写"古"，再写"虫"，当成"蝴蝶"的"蝴"，而有些字又无中生有，多出好多东西出来，猛然一看活像一只鸵鸟，复杂得让人不禁发笑！但是看到她那么专注地把字写得漂亮，我知道她一定有一份别人体会不到的快乐和成就感。于是每个晚上我们继续在灯下努力，期待着一日日进步。

书旂喜欢在每一项作业上都画一幅与题意配合的小插图，老师对她这个作风给予热情的鼓励。她的第一篇日记是用英文写成，自己再用有限的中文翻译出来的，虽然文章写得短，但要自己翻译成中文时，却绞尽脑汁花了许多时间。老师体贴这个小小的新来者，在她的本子后面写着："书旂：你的字写得真漂亮（包括中文和英文），我读完你的日记，很喜欢英文的写法，配上最后的小插图，感觉真的很棒！"书旂很喜欢，但有点好笑地看着我说："我有很多错字呢！"我知道她想问："妈妈不是帮我检查过作业的吗？为什么没有叫我改？"我没有告诉她，我是故意留着她的原稿，好让老师不要错估她的实力。

转学的路上不能飞车。又一次，我要牵着书旂的手慢慢地走，一路上相信我们会有充实、愉快与进步。

她每天回家一刻也不得闲地做功课、准备考试，没有电视、没有玩乐，但她就是开心。

乐在学习中

从参加暑期辅导开始到现在，乐旂已经加入国三生活整整两个月了。别人看到她的态度或衡量她的成绩总会用"适应力很好"或"这个孩子很聪明"来形容，但每天看着她，我总觉得除了"热情"之外，没有更贴切的字眼可以一语概括她的内心与形之于外的兴致。她喜欢每一件事，她有一种异于常人的乐观。

她每天回家一刻也不得闲地做功课、准备考试，没有电视、没有玩乐，但她就是开心。周末复习了一个晚上的数学之后，她走出书房对我们宣告："我又比两个小时前更有进步，理解更多了！"除了英文之外，她读每一科都觉得棒极了，特别是国文中的古文，篇篇都陶醉，老是拉着我要听她背诵。她正襟危坐、抑扬顿挫地朗声背诵着课文，从声情中就知道她很享受这种学习。

不管哪一门课，只要学到一组她觉得很美的词汇就一定要跟我分享。时间有限，因此我们总是充分利用上下学接送的车上时间。有一次，她跟我提起自己对"斑斓"这个词有多喜欢，从学校一直讲到回到家里。形容、举例、分析、归结，让我发现单单看着两个字也能有如此的收获与享受，真是很奇妙。

事实上，她这完全是一种"求知若渴"的态度，所以她的时间更加显得拮据。摘录的文章她想看全文、选录的篇章她想看作者的其他作品；上完西洋史她就去借荷马的《伊利亚特》，利用片段的休息时间努力翻看。她的贪心也许让人感到不够务实（毕竟她有五年的课程待补，而且学校的考试不考这些），但我们完全可以接受她那种以兴趣作为动力的学习法。虽然她不是把所有的时间都完全投注在考试范围内，但是这些学习又怎能只以"有用"或"没用"来区分呢？

上星期，乐旂跟我说自己因为不经常运动而体力变差了，以前每天一趟800米跑步轻松愉快，现在连200米跑起来都觉得喘。她问我："可以一个星期去上一次舞蹈课吗？"有什么不好呢？我心想，她需要一种更平衡的生活，所以马上到家附近的"云门舞集"去问。

舞集里只开小学生或成人的班，我觉得奇怪，询问之下才知道，在台湾除了计划以特别才艺升学的孩子之外，国高中六年已被公认为"非常时期"，大家都去补习功课，没有人在学跳舞。我很失望，还好，他们说如果孩子不介意，可以跟着成人班上课，所以星期五的晚上下了课，她可以好好地去动一动。

此后每个星期五的晚上，跳完舞回家洗个澡之后，她就不再念书了，因为一个星期里也只有这么一个比较轻松的晚上，她可以好好地拉拉琴，以准备第二天早上的小提琴课。有个朋友问我：

"为什么你不觉得她既然回来了，就应该暂时放下一切，好好准备考试？"

言外不无一种疑问："是不是因为你们还要回去，所以不重视此地的规矩。"

这是个无法三言两语就带过的问题。我在心中想着：孩子的确已经全力以赴在功课上做出努力了，而"学习"是人生中可以持续最长远的过程，应该不是拿"现在"换"未来"这么简单的算盘就能说得清楚的！

从加入国三生活之后，乐旂从没有因为自己悬殊的教育状况而错过任何一场大小考试。上课一个月后，大范围的复习考试接连到来，别人一次考四册，她就跟着考四册。有个周末，她要到学校去参加以前没学过的地理复习考试，考试前，她邀我们全家到书房去排排坐，然后手舞足蹈地在墙上用手指画位置，把几天内她用心自修的内容讲述一次当做复习。那些一次到位的努力，除了家人之外没有人看得到。但有人却因为看到她还在运动、练琴而觉得这样的努力程度是不够的，我不能不说那是一种偏见！

刚刚吃完早餐时，乐旂说："我来洗碗吧！"和在曼谷不一样的是，我竟然有了片刻的犹豫，心想再过几天又要月考了，该不该把时间节省下来让她读书？但是犹豫并没有持续太久，我马上就决定把工作交给她。忘记生活毕竟不是好事，更何况从洗碗和整理脏乱的厨房中也可以学到很多事情。我想，我还是喜欢她尽心生活、努力学习！

不要漠视生活

去体会带来愉快的小事物

肢体的劳动

能使精神得到最好的休息

书旂识字最大的问题是"似是而非"，看着"鱼圆汤"（魚圓湯）她念出来就变成"鱼国阳"（魚國陽）。

在书上看到"鲨鱼"这两个字时，她大为惊叹地说："竟然是这个字，我还以为是'杀鱼'呢！有杀伤力的鱼为什么不用'杀'这个字？"

杀鱼？鲨鱼！

书旂的同学告诉我，老师在学校改书旂的作文时好像在玩"填字游戏"。我一听忍不住大笑起来，"填字游戏"这四个字真是再传神也不过。书旂用中文写文章时，一有不会写的字就注音。如果单纯只是这样，那这份填字游戏的难度也不太高，麻烦的是，她有一些让人想象不到的用法。比如，"听起来"她常常写成"声起来"，她也会看着"称赞"这两个字却念成"欣赏"。这种错误初看都觉得不可思议，但每天用心陪她朗读文章，我才慢慢摸索出她联想的路线。

书旂识字最大的问题是"似是而非"，看着"鱼圆汤"（魚圓湯）她念出来就变成"鱼国阳"（魚國陽）。在书上看到"鲨鱼"这两个字时，她大为惊叹地说："竟然是这个字，我还以为是'杀鱼'呢！有杀伤力的鱼为什么不用'杀'这个字？"

写也是状况百出。有时候她问我哪个字该怎么写，因为手边正在忙，我会用口述。

"妈妈，'附近'的'附'怎么写？"

我说："一个耳朵、一个人然后再一个寸。"

"哦！知道了。"

等我忙完，拿起她的作业检查时，才发现自己那个口述的字像叠罗汉一样由下往上串在一起了。不过，最让我哭笑不得的，是她对生活中大家惯用的语言很陌生。

有一次，她问我可不可以做些点心去支持学校的活动。我想起一道她喜欢的点心，用派皮卷香菜肉馅跟鲜虾的烘焙点心，所以随口就问她："我们来做虾，如何？"

她甜甜一笑答道："好呀！很棒。"

然后过了几秒又疑惑地问道："妈妈，'虾如何'是甜的还是咸的？"

我常想，如果把书旂的中文笑话全写出来，大概就是一本幽默故事集了。

有人曾问我，这样陪伴书旂学中文会不会很辛苦？这对我是个很难回答的问题，因为我不知道"辛苦"是不是一个最适当的形容词；我也不知道在这个过程里，学校的老师、书旂和我谁比较辛苦？但我可以感觉到，因为我们彼此的合作与包容，书旂得到了最大的帮助，她每天都有进步！

五年前当我们带着孩子离开台湾时，她们所面临的处境也很辛苦无助。文化的差异与语言工具的不足，同时都要去克服，但我们一起携手走过了那些日子。而现在，我们又迈开脚步在另一条路上前进，虽然时间比别人紧迫、杂务比别人繁多，但我把这一切都当成一份美好的礼物。

在书旂正要进入青春期的时候，我们因为转学而有了一个共同努力的目标。为了完成这个任务，我们经营出更多亲子共处的时间，这是很值得珍惜的。因为珍惜，所以我把书旂每一篇文章的原稿都留下，这当中有她能力渐趋成熟的真实面貌，也有我非常享受的第一手离谱的笑料。但愿长大后的书旂有一天看到这些记录，会庆幸妈妈曾经费心为她留下足迹。但最棒的是，这将会帮助我永远不忘记她的耐心、她的努力以及老师同学对她的帮助与爱！

下面是书旂的一篇日记：

‖冬 天 来 了‖

冬天是个好季节，充满了快乐的心情。大家最经长（经常）想象的冬天，是个下雪又伤心的景。但我所期等（期待）的冬天，却是我们一家四个人开心地躲在家里取暖。我过过的冬天，一只一来（一直以来）都是差不多这样，希望今年的冬天，也会一样的开心。

回台湾后，我等了又等，冬天终于来了。我连冬天要吃什么、做什么、穿什么都记话（计划）好了呢！这几天一早起来，就感到一阵凉风。冬天爷爷已经在门外了！"快进来吧！"

跟夏秋说再见！

虽然冬天的到来使我十分高兴，但夏秋天的离开也让我

舍不得。我要多久才会再看到大太阳呢？什么时候才会再见

到台风呢？如果每天都是不一样的季节，那有多好！

你们是我的快乐日历

每撕下一页

既不舍随之而逝的喜怒哀乐

又期待即将到来的惊喜成长

书旂的学习报告

翻看月历，发现书旂进入国小已经整整一个月了。2001年9月对她来说不只是"转换学校"，更是"转换教育方式"的全新开始。我把一个月当做一个段落来评估书旂的学习成果，并做成一份报告，这报告也送给她的老师一份。

这样的报告，除了表达家长的感谢之外，也希望我们为孩子规划的学习进度得到老师的指导，更希望透过在家的学习报告，让老师更能了解书旂的发展方向与生活习作。

回到台湾后，我才发现一个小学老师的教学负担竟有如此之重，于是我有了做这份报告的想法。多么希望孩子在受教育的过程中，家庭能成为老师的帮手，确实分担一部分工作与责任。

在家学习进度报告

学生：六年级丁班　翁书旂

时间：2001年8月29日至9月29日

◎　读的部分：

书旂在这一个月里，从完全依赖注音符号阅读，进步到可以看懂不太难的中文书籍。虽然她也跟着大家一起上完五课六年级的课文，并照着正常进度完成各项任务，但某些太难的字句只以声音的形态进入她的脑中。她能理解正确的意思，却无法顺畅地写出或完全正确地认读其中的一些词组，这是在家朗读课文时，我们常常遇到的问题。但以一个月的进展看来，我们对她的进步感到惊喜，如果时间许可，希望下个月可以有更多的时间朗读，让她自然地掌握中文的形、音、义。

◎　写的部分：

9月1日，书旂生平第一次提笔用中文写作，那个晚上她因为不能畅所欲言而伤心地哭了。我们鼓励她先用英文打草稿再翻译。前四篇日记她一篇比一篇写得顺利，到了第五篇以后已改为直接用中文落笔，另外又写了一篇主题相同、内容更丰富的英文日记。这个转变非常可喜，李老师和蔡老师在日记中的鼓励更是让她信心百倍。书写中的别字与生字仍然很多，她通常先用注音写下，再询问补上。她目前还没有时间查字典，但我们计划下个月要开始学习查中文字典。写作中最常出现的连词，书旂常会混淆，因此我们每天特别练习书写几组连词，下个月要特别花时间来分辨常用的同音字。

◎ 时间的运用：

这个月来，书斾在家的时间非常拮据，她完成一项任务所需要的时间是其他同学的好几倍。我们认为孩子好好把一件事情完成是值得鼓励的事，因此没有给她太多的催促。对于会写的字，速度已加快许多，但下笔前的思考与错字的修改还是需要许多时间。书斾对中文的理解力比读写的能力好，她的手跟不上思考，常常有严重的漏字问题，句子总是缺东缺西而不自觉，因此我建议她除了想好再写之外，每写完一句就念一次。检查句子是否完整虽然很费时，但可喜的是，几天下来她已改善许多。下一个月希望检查文章和修改的工作可以取得更多进步，节省下的时间可以恢复每天练琴。

◎ 阅读：

这个月的阅读包括中文书《爱的教育》与《读者文摘》的几篇短文，还有一些英文书籍。希望下个月书斾有更充裕的阅读时间，毕竟阅读是巩固语文能力最好的方式，而书斾也非常喜爱阅读。

◎ 其他学科：

在家做数学习题时，我们发现了她以前不曾出现的问题，仔细观察才发现还是文字的障碍。应用题的题意她无法完全理解，有时也会因为字形而误解题意，这无法立刻解决，陪她一题一题地读懂题目，是我们在家持续的工作之一。

科学显然是书斾最得心应手的学科。她既有浓厚的兴趣，搜集资料的能力也很好。她的作业有一个特点，内容丰富但错字很多，真实反映出她知识能力超过文字能力的实情。不过，有高度兴趣作为学习的前提，相信她会拥有越来越完整的表达能力。

生活中的小器物
储存我们许多
共同的生活感受

要晚餐不要"夜辅"

离开台湾五年之后，"夜辅"对我来说是一个陌生的名词，但更陌生的或许是蕴藏在这个名词背后的想法与用意，我想站在一个母亲的角度上来谈谈对留校夜间自习的看法。

开学后的第二个星期，乐旂回家说，班上只有五个同学不参加国三的夜间辅导，其他班级的同学全数参加，老师觉得她们的团队精神不够好。再过几天，五人当中只剩三个，而后两个。思考了几天，我决定提笔给老师写一封信，解释孩子不参加夜辅的理由，也期待她能谅解乐旂个别的学习状况。

在信中我提到两点：首先是乐旂转换知识的过程中，必须依赖大量的工具书。老师们并不知道，有些作业她是先读过英文，再来读中文教科书或参考书。（这也是目前乐旂最烦恼的问题，时间常常不够用！）其次，书上总有很多中文名词对她来说是不易理解的，我们每晚的陪伴就是希望能回答她的问题。如果乐旂去参加夜辅，这样频频询问，一定会干扰其他同学的自习。

这封信送出去之后并没有回音，但"夜辅"这两个字却更常出现在我脑海中。特别是每天6点去接孩子时，天色已暗，远远看到她孤零零地向我走来，我还总是健忘地问道："同学呢？"被提醒了几次后，我也终于记住了夜辅的存在。只是看到乐旂身后渐垂的夜幕，我无法不想起那些正在吃一天当中第二个盒饭的同学。尽管我听过有些父母说他们的孩子很高兴参加夜辅，但那种感觉是我难以理解的，因此信中我也不敢提乐旂不参加夜辅的另一个重要理由：我们无法忍受晚餐桌上孩子的日日缺席！

每天下午，我总是在4点10分去接书旂。吃过点心后，当她关进书房开始和中文奋战，我就专心在厨房料理晚餐。我们的晚餐不管简单还是丰盛，准备晚餐的心情对我来说都是愉快的。孩子们已出门一整天，这一天她们过得好不好、功课有没有问题，都会在餐桌上讨论，一想起这样的相聚我就更加起劲。

接近6点，丈夫要去接乐旂回家前，书旂会帮我把餐桌都摆好，因此一等乐旂进门洗过手，我们就开饭。早一点开饭不只考虑到她早该饿了，也为了让我们有更充裕的时间可以交谈。把国三生宝贵的一个小时或更多时间花在餐桌上，是不是划算？真不知道该用哪一种价值观来衡量，但对一个饱受作业压力的孩子来说，一个小时的情绪舒缓与经验分享应该是有意义的。我想，如果回到台湾这两个多月来，孩子们能以愉快和耐力来面对她们的处境，会不会晚餐桌上的心灵分享也是她们的力量来源之一？

乐旎曾在一篇文章中这样记录她对家庭晚餐的想法：

前几天有朋友来家里玩，当我带着她四处参观时，她注意到我们家那张巨大的木制餐桌，惊讶地问我："你们真的在这里吃饭吗？"我觉得这个问题很好笑，毕竟这是一张"餐桌"，所以我说："当然是在这里吃饭，要不然在哪里？在地板上吗？"但是她的态度依旧严肃，仍旧不太敢相信地追问："每天吗？"她的问题又使我大笑一阵。"是的，每'一'天。"我告诉她，"我们一家人每天都围着这张桌子吃晚餐。"这时她的眼睛因为羡慕而睁得大大的："哇！这实在是太酷了！虽然我们家也有一张这样的大餐桌，但是我们只有请客时才用它。""那平常怎么办呢？"我问她。她耸肩答道："随便在厨房的一角就解决了。"

每当我的朋友们描述他们家里的晚餐时，我总是听得目瞪口呆。据我所知，我身边的台湾同学，多半是一个人孤零零地在电视前吃晚饭的。饭菜都准备好了放在桌上，肚子饿的人给自己的盘子盛上一些热饭和冷菜，就这样一边咀嚼着这"佳肴"，一边瞪着一闪一闪的电视屏幕。

记得有一天，我和一位朋友谈起国中生的晚自习。她问我为什么拒绝加入她们的行列，我跟她说，我无法理解为什么大家可以忍受三餐都在学校吃饭。这不是食物的问题，光是这个想法，对我来说就已经够疯狂了。

在我的家里，晚餐已变成了"团聚"的同义词。每晚，我们总会围坐在摆满美味饭菜的餐桌旁，快乐地与家人分享各自一天的苦与乐。有时我们会争论得面红耳赤，有时我们则会因为一些有趣的事狂笑。仔细想想，在一天之中也只有此时我们全家才能如此团圆。餐桌使我们的家庭紧紧相系。

"夜辅"是一种因为升学而衍生的做法，它的好意与目的我都同意，为家庭环境不适合读书的孩子提供的方便更是值得赞许。但如果这样的规划是担心孩子们在家会受不了电视、床与冰箱的诱惑，所以强制他们到校自习，那我们是不是已经传达了一种不太好的信息——你的读书计划该由大人来决定。

我想，一个14岁的孩子应该开始学习有效率地安排自己的课后时间，这种训练对每个人一辈子都有用。更何况，如果一个孩子起床后离家，睡觉前回家，父母到底要用什么时间来关心他们的成长呢？

上完课后，我看她笑逐颜开地在水槽边洗笔，便试着探问她的心意，"喜不喜欢？"

"太喜欢了，妈妈，我一想到书法就兴奋得要发抖！"

一想到书法就兴奋得要发抖

　　在短短的三个星期内，书旂不但从一个"中文盲"进步到能提笔用中文表达自己的意思，而且还上了生平的第一堂书法课。对于想尽办法要带领她感受中文情境的我来说，这短时间里呈现的成果真是美好得让人仿佛置身梦中。

　　有一年暑假，书旂在瑞士美国学校曾闹过一个小笑话。有个晚会表演，来自各国的孩子都要用自己的母语大声说："欢迎！"我在台下看到书旂上了台，手上拿了一张不知谁帮她写的大海报，纸上写着两个汉字"欢迎"。我那圆脸爱笑的孩子，冲口而出的竟然不是"欢迎"，而是"进来"。当时她才七岁，我除了觉得好笑之外，脑中还编织着一个迷人的远景：希望有一天，她不但能用标准的中文致辞，还能写下外国师友要她写下的字句。但此后每一年再去瑞士时，书旂却与中文的书写渐行渐远。我每每为她的中文程度感到愧疚与难过，那个手执毛笔或写或画的梦，更是遥远而不堪怀想了。

但今晚书旂在蔡老师的带领下，专心上了第一堂"书法家教课"。星期三是半天课，中午下课后，她一刻也不停，把功课做完、洗澡、吃饭，看着钟就等着7点老师要来。

上完课后，我看她笑逐颜开地在水槽边洗笔，便试着探问她的心意，"喜不喜欢？"

"太喜欢了，妈妈，我一想到书法就兴奋得要发抖！"

她这么强烈地表述自己的感觉让我觉得很好玩，但她的欢喜我倒是真的感觉到了，因为上课时连曼谷的同学打电话来她都不想接，觉得会受打扰，匆匆应付几句就挂了电话，这可是不同于往常的现象。

在曼谷有一段很长的时间，我曾陪着只会念注音的书旂，一起读蒋勋为青少年所写的《写给大家的中国美术史》。我们每天读一点，文字的进度虽然很慢，但谈的内容却不少。

在那些黄昏或夜晚，我感到最快乐的其实是做一个母亲聊尽教导的职责。但除了那种心灵的满足之外，书旂在今晚的课程里也体会到我们曾经一起耕耘的收获。她说："还好，在曼谷读过那本书，今天老师说书法的历史，我才听得懂'一些'。"我想"一些"用得特别好，它代表书旂在中文的世界里，还有更多的热情等待付出，也将有更丰硕的果实可以收获。多么希望手拿毛笔的书旂，日后在笔画的律动与纸墨的香气里，得到亲近传统文化的快乐。

责任使宽裕渐减

满足渐增

在增减中

我领略了责任的美

> 如果一项功课的分量已经造成过大的负担，还能不能达到目的？

> 从乐旂的某些功课分量看来，不只达不到学习的目的，还像在鼓励他们"欺骗"，而那原是可以避免的。

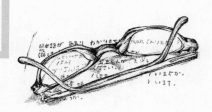

是做功课还是抄功课？

　　我一直都对台湾学生获得知识的途径感到非常好奇，当然这些问题是因为观察自己的孩子而产生的忧虑。

　　有个晚上我走进书房，看到乐旂面前摊着英文参考书，另一边是一叠从参考书里切割下来的答案纸。她正把那些答案抄在书上，抄完后拿起红笔在每个大题上各打上几个大勾勾，表示功课做了，而且自己也批改了，我站在一旁惊讶地看着她，题目一页页地翻，至少抄了上百道题的答案。她把这一切做完，然后松懈地合上书叹了一口气。

　　"乐旂！你在做什么？"

　　我询问的声音想必带着焦虑与气愤，她无奈地对我解释："妈！没有办法，大家都这样，作业多得根本做不完，更何况这些反复的题目已经快把我的文法全搅乱了，我不知道为什么要这样学英文？"

我建议她："去跟老师谈谈，或许老师能谅解这些功课对你的帮助不大，允许你不做参考书上的题目。"

但她回答我说："我不敢，老师已经允许我不用上英文课了，再不做作业说不过去。"

我不得不丢下一句话来结束我们的谈话，因为她得去忙别的功课："乐旂，想想看，你这样也可以算是做功课吗？"

事实上，我的问题对乐旂的意义并不大，我只不过在讲一个我懂、她也懂，但我们都不知该如何处理的问题。乐旂的学习态度一直很诚恳，她绝不是敷衍了事的孩子，但如今仍然在时间不够用的情况下做着违背信念的事。

她曾经跟我谈起台湾孩子学英文的方法事倍功半，她用来对比的经验是在曼谷国际学校上了两年的法文课。她说："我们在法文课里读得多、讲得多，但是老师给我们的作业不多。老师说作业布置得少的理由是要我们好好地想。经过好好思考做出来的作业才会有好的质量。妈！你知道吗？从六年级开始，老师就一直在叮咛我们作业的'量'不等于'质'，所以他们不会高兴你交那种从网上剪剪贴贴凑成一大篇的报告，老师们总是要我们学习'浓缩'报告的内容。"我也从乐旂身上看到这样的训练足足在中学（六、七、八年级）持续了三年。

孩子们再回到台湾，学习的效率变成了我们最大的挑战，一大堆的功课到底应该以什么方式完成，不再是重点。他们做功课好像完全不花心思，等做完功课再另外用一段时间来"读"功课中的内容，这种不可思议的浪费却从无人过问。

书旂也说，她们班上有很多小朋友，下课就得补习，所以在学校就匆匆把功课赶完。她们所谓的做功课也就是把参考书上的答案抄到课本上等候检查，真难以想象利用下课那些片段时间做功课的情况与效果。

我很想知道，学校之所以安排家庭作业，不就是希望借此达到学习的目的吗？如果一项功课的分量已经造成过大的负担，还能不能达到目的？从乐旂的某些功课分量看来，不只达不到学习的目的，还像在鼓励他们"欺骗"，而那原是可以避免的。

我可以理解，老师因为担心孩子不能人人自动自发，而有了这种布置功课的想法。但是一个孩子只有被引导、被信任，才能养成健全自重的学习习惯，像这样的方法只能算是消极的防范，而不是积极的教导。

"我考试考得好，你们鼓励我，考得差，就帮我找借口；

我生病时也不忘慰问我。你们是我每天迫不及待去上学的原因……"

给"国三义"同学的一封信

八年级是美国学制初中的最后一年，离开曼谷回台湾之前，我们参加了乐旂的初中毕业典礼。记得典礼的最后一段安排得非常温馨，那一天我头一次了解"友谊"为成长带来的力量。

当时礼堂前方的大屏幕上播放着幻灯片，毕业生三年来在学校的生活照轮流出现，台下则由不同的同学为屏幕中的主角念出旁白，那些生活感言是照片主人先前就已写好的。曼谷国际学校的学生来自52个国家，很多孩子随着家长的调任，几年便转学一次。他们共同的心声是什么呢？害怕。几乎每个孩子都提到初入学校时心中的寂寞与担心，更害怕交不到朋友，这样的心境乐旂也曾经历过。

记得孩子们刚入学不久，我带父母去学校参加一个活动。当我们在水池旁的开放餐厅喝咖啡，等待稍后在礼堂举办的节目时，母亲抬头看到远远有个孤零零的身影，是乐旂。在一群群热闹嬉笑的同学中，她的形单影只使我们更觉得不舍。我们都知道，孩子们很善良，没有人要故意排挤她，但语言能力不足是融入同学中的阻碍。她所承受的压力我们一时也帮不上忙，只能用家庭更多的爱来陪伴她慢慢适应，鼓励她试着伸出友谊之手。

五年来，乐旂跨过小学与中学两个不同的阶段，终于在曼谷国际学校安定了下来，有好朋友、好成绩，还成为小小的领导者。然而一夕之间又要放弃这一切，回到台湾，重新加入一个陌生的环境，她的心里也像初到曼谷时那样孤独害怕吗？

冲击一定是有的。第一天放学回家，她告诉我们，同学都很好，只是她还没有完全适应大家讲话的方式。她说第三节课下课时，有位同学突然回过头来对她说："你不觉得自己常常这样发笑，看起来很白痴吗？"这样问她的同学并非不友善，其实在其他事情上很照顾她，所以她慢慢懂得如何去解读不同的表达方式，也敞开心怀接受许多美好的友谊。

几个月过去，友谊加速了她的适应，这一切对乐旂的意义又是什么呢？明天，为期三天的毕业旅行即将启程。行前乐旂写了一封信要我帮她看看，因为她想在旅行途中念给同学听，亲口告诉全班同学这些日子以来心中的感想。我仔细读完信，三个月来她每天努力的身影突然一幕幕出现在我眼前，每天吃饭时她转诉的点滴友谊，也全都化成情感，淹没在字里行间。

给国三义的每一位同学：

　　站在圣母池旁祈祷那天，我看着周围其他班级的人，试着去想象，假如当初没有被编到国三义，今天的我会是什么样子……但是我没有办法在脑海里产生那样一幅画，我无法想象在走廊上与你们擦肩而过，而不说声"嗨"或对你们微笑，更没有办法忍受完全不认识你们的想法。

记得暑假的某一天，爸妈忽然告诉我要回台湾的消息。当时我好像被雷劈到似的，我愣住了，泪水开始在眼睛里打转。这并不是因为讨厌回台湾而伤心，只不过我舍不得离开我的朋友，就像我现在会舍不得离开你们一样。对我来说，家人与朋友是世界上最重要的，没有他们，生命的意义会不同。

要转到德光之前，许多在台湾的亲朋好友都叫我回来后要当心点，他们说这里的孩子全都是小心眼，嫉妒心也很强。但是我看到的并不是这样。从我踏进教室的那一刻起，你们就完全接受了我。你们围着我，拉着我在校园里到处跑，甚至让我参加排球比赛。我本来非常害怕交不到朋友，而你们竟然像在对待一位多年不见的好朋友那样对我，平抚了我心中无限的恐惧。

曾经有人为我打赌，他们说我上几个星期的课后就会哭，但是从开始上课以来，我从未因为功课上的压力而掉眼泪。我确实感到很吃力，有时觉得垂头丧气，但是你们总是把我心中的痛苦化为欢乐。你们对我那么好，是我从来都不敢奢求的。每个人对我好的一点一滴，我都牢记着；每一个微笑、每一句话、每一个举动，对我都有深刻的意义。你们点亮了我的一天，也形成一个强大的防护罩——我考试考得

第二部 蓄积

好，你们鼓励我，考得差，就帮我找借口；我生病时也不忘慰问我，把我照顾得无微不至。你们是我每天迫不及待去上学的原因，你们使我坚强。

所以我要说声谢谢，谢谢你们使我觉得自己是世界上最幸福的人！

你们的朋友，乐骄

友谊
是善良的回报
使我们远离家庭而不致孤独

我走近她的房前，在门口听到了小提琴声，虽然我还没有看到她的脸，但从她反复练习一两个乐句来看，我很确定她已经调整好自己的心情了。

乐旂总是这样，如果觉得自己因为不够尽力而没有把事情做好，就会很快以下一个积极的行动来鼓励自己。

渡过自己的英吉利海峡

乐旂刚考完模拟考试不久，第三次月考又近在眼前了。前几天她跑到我身边抱着我耳语："妈妈，我偷偷告诉你一个决定，你一定不可以告诉别人。"

她神秘兮兮地确认我是否能保守秘密，但我对她露出不保证的笑容。问题是，她藏不住心事，所以再度抱紧我说："这次月考我想考前五名。"

我搂搂她笑着说："那就加油吧！"

乐旂已经是一个大孩子了，我知道那些"名次不重要"、"只要尽力就好"的话不是最好的关怀，她是那个要渡过自己的英吉利海峡的泳者，挑战的是自己。第二次月考她名列全班第七、全校第四十三，于是这次月考她有了新设定的目标，这就是小旂：一个向着自己的目标迈进的孩子。

毕业旅行回来后马上又是第二次模拟考。这次考试的大部分范围是她连碰都没有碰过的，我问她想不想请两天假在家读书，她犹豫了一下，还是拒绝了这个提议，理由是：这样不公平，因为大家都出去玩，一样没有时间念书。我说她的情况不一样，这些课程其他同学以前都上过，但她笑着说："太久也会忘，大家都需要时间再复习。"

模拟考完那天照例该是个气氛非常轻松的周末，但是乐旂放学后，我在她浅浅笑着的脸上发现了一抹沮丧的神情。这是回台湾后的几个月里，我头一次感觉到她搁浅的心情。我猜是因为她的模拟考考坏了，但是我也清楚"考坏"这个结果并不能令她沮丧，她面对挫败的能力一向很强，我想她应该有更重要的原因还没有跟自己妥协。孩子需要一点时间，而我需要更多的思考。

6点左右，我让她先简单吃点东西好去"云门舞集"跳舞，那是她坚持每周一次的运动，回家后她又关入房中。9点多我走近她的房前，在门口听到了小提琴声。虽然我还没有看到她的脸，但从她反复练习一两个乐句来看，我很确定她已经调整好自己的心情了。乐旂总是这样，如果觉得自己因为不够尽力而没有把事情做好，就会很快以下一个积极的行动来鼓励自己。

果然，当我一打开门，她马上以非常兴奋的声音对我说：

"妈妈，我一定要从现在开始好好准备下一次月考。"

我伸出手跟她击掌，开心地对她说："加油！"

一个星期后，那个曾令她沮丧了一下的模拟考成绩公布了。她在班上排名十八、全校第八十八名，虽然比第一次退步不少，但我们已经觉得很不简单。最重要的是，我们非常佩服她的精神与她看待结果的心态。

我曾自问：为什么乐旅总是能如此快乐地迎接挑战？我猜这跟她过去五年的经验有很大的关系。初进曼谷国际学校时，她只带着简单的语言工具上路，但才进学校三天，带她的老师就向学校提议让她离开语言补习班，这个课程规定要上两年。学校说，他们并不是给乐旅一些特别的测验才决定让她离开语言班，而是发现"她有解决问题的能力，能自己寻求帮助，更有强烈的学习动机"。我相信，提前离开语言班，让她得到了一种被重视的感觉，所以，在日后的每一种变动里，她都看到困难与机会是同时存在的，要努力学习并心存感激。

刚刚，乐旅又跑到我身边，一边笑一边喃喃自语："呀！……时间不够，时间不够！"

我看她像八爪鱼一样地在我眼前手舞足蹈，心想我还能为她做些什么作为鼓励呢？一顿热腾腾的晚餐、一床熏香烘暖的羽绒被，还有，睡前互道晚安时，我一定要告诉她，我有多么欣赏她的毅力与乐观。

也许是经过了不同的教育，她才能如此清楚地提出自己的看法，我相信这种不同的体验也是一种收获。

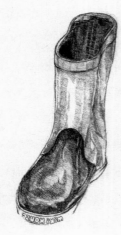

妈妈是最初的老师

带着愉快的心情扫地

书旂进入实小，对她来说不仅仅是语言与功课的改变，更重要的是生活概念与思维方式的转变。这些日子，她很勤于在日记中以有限的中文记录自己的感想，不只是我看了觉得有趣，连她的老师和实习老师都在她的日记上写着："看你的日记是一种享受，因为你写出了生活的真实。""我觉得你就像《窗边的小豆豆》，对整个世界的人、事、地、物充满了好奇，随着世界的改变，你的眼界也跟着更新。"

在曼谷，她从来不知道学生需要在学校做打扫工作，因为校工很多，她们在一个得到亚洲建筑设计奖的优美环境里上课，什么事都不必做，但是她在日记里却写下这样的感想：

每天早上，我很希望可以早点到学校去做我的扫地工作。很多人把扫地看成一种负担，可是我把它看成一种运动，也同时学习怎么接触大自然。

扫地时，怎么分工合作是很重要、值得学习的事，因为只要大家认真完成自己的工作，我们就不用花太多的时间。

我很希望班上的同学们都可以了解分工合作是多么的方便，以后就可以用很有规划性的方法来做事了。我也很希望大家带着愉快的心情去扫地。

除了开始在学校也要做清洁工作之外，另一个新体验是让实习老师教课。她很有同情心地在日记中记下一则感受：

南师实小的特点就是有很多的实习老师，有些课是由他们上的。我以前在曼谷的时候，学校没有让实习老师来上我们的课，最多也只有代课老师！因为这样，我觉得上实习老师的课非常好玩又特别！

有一次，一位实习老师叫我们大家都安静下来，表面上看起来很凶，坐在我对面的同学却说："这位老师其实不凶，她只是很紧张而已。"我觉得很有道理。如果我是一位实习老师，我也一定会很紧张。想一想，如果台下的人在吵，你不会怕学生们不听你的话吗？因为你不是他们"真正的老师"。我觉得学生们都应该用对待老师同样的态度来对待实习老师们，这是一种必要的尊重！

在所有的课程中，我发现书圻最不适应的是美劳课，她曾在一篇日记中长篇大论，用一本英文书上的例子来讨论对美的看法，然后在末段总结道：

> 我不喜欢上额外的美劳课，因为老师常常要求学生照着"这样"、"那样"做，而这使得学生的作品都一样。不如有个讨论班，讨论班就是来讨论大家的作品，当20张作品看起来都一样的时候，我想你不会对它们感兴趣的。
>
> "网络计算机画图比赛"对我来说也很奇怪，他们只挑选一些漫画型的作品，而当一个不同类型的作品出现时，他们却不讨论它。
>
> 艺术是你随时都可以做的事，艺术可以表达你的心情。如果你要创造真正的艺术，不要管别人说什么。但如果为了不要别人批评而去画每个人都在画的东西，那你在艺术的道路上不会走太远。

在这篇日记中，我看到了她对曼谷国际学校美术课的怀念。她记得课堂上总是鼓励创作与树立风格的重要，但她似乎更怀念凡事都要经过"讨论"的学习方式。不过，也许是经过了不同的教育，她才能如此清楚地提出自己的看法，我相信这种不同的体验也是一种收获。

友情最美妙的地方，在于你清楚有人了解与接纳你，欣赏你做的好事与你的优点，更重要的是，好朋友绝对舍不得让你往坏处去。

所以有一句话说："真正的好朋友绝对不会挡住你的去路，除非你要走的是下坡路。"

妈妈跟你谈友谊

书旂从小就很爱笑，阳光一样的笑容让她不管到了哪里都能很快结识新朋友，所以我从来没有为她的友谊功课担心过。但是最近一个多月来，我却听说书旂跟亲近的朋友闹翻了，传闻中甚至提到书旂给学校写信，信中写了那位朋友很"讨厌"的投诉内容。我本想，孩子的事让孩子自己去解决，没想到事情越闹越大，我不得不给对方的母亲一个解释。所有的误会终于在面对面的说明中都一一厘清了，那位小朋友承认自己去跟母亲抱怨时夸大了受委屈的情绪，她因为书旂转学到班上后失去了一些好朋友。我们可以理解这是每个孩子都难以释怀的改变，但我相信在开诚布公的讨论后，她们的友谊很快就会恢复。

被冤枉的书旂并没有觉得沮丧，但是她说："我想要跟大家做朋友，我不喜欢一个只准人进去、不准人出来的小团体。"

当时我想，她进入新环境不久，也许慢慢就会适应友谊互动的新形式，因此并没有跟她谈太多。工作忙碌中又过了几个星期，有一天，我问起她跟那位小朋友相处的近况时，她竟然哭了起来，因为这个朋友常常抓着她问一个问题："书旂，你是不是很讨厌我？"

当我搂过哭泣的她时，书旂哽咽着说："我很不喜欢这样的问题。"

我没有想到回台湾这四个月来，她不是为了学习上的辛苦与压力而哭，却为了无法处理友谊的问题而哭。所以，今晚不管工作有多忙多累，我决定要静下心来为她写下这篇关于友谊的文章。

亲爱的书旂：

下午看到你哭了，妈妈心里有很多的感触，很想在这封信里告诉你一些关于友谊的想法与经验。妈妈很确信在学校与班上，你得到很多的爱护与关心，所以同学才会选你当模范生，对不对？今天你的眼泪应该不是感觉孤独寂寞，或许是心烦吧，一种你自己都觉得莫名其妙的心情?!

对每一个人来说，友谊是生命中非常重要的情感学习，一份质量很好的友谊不只可以维持得很长久，还可以不断衍生出新力量。但是培养一份优质的友谊需要智慧，也需要非常用心。

有一天，妈妈跟姐姐聊天时提起一句话："要爱你的邻居，但是不要拆掉你的篱笆。"姐姐听完这句话之后觉得很棒，但更棒的是，她说出了自己的体会。姐姐说："一种适当的距离就是尊重，有尊重才会有真正的友谊。"书旂，姐姐真是说得很好呢！好朋友所要拉近的距离并不是"形体"上的，而是"思想"上的，否则远离的人们就没有办法维系他们的友谊了，对不对？友情最美妙的地方在于，你清楚有人了解与接纳你，欣赏你做的好事与你的优点，更重要的是，好朋友绝对舍不得让你往坏处去。所以有一句话说："真正的好朋友绝对不会挡住你的去路，除非你要走的是下坡路。"以前我们也一起读过一篇文章，其中有一句话说，"好朋友是不必跟好朋友称好汉的"，所以真正的好朋友是不互相嫉妒的。

人并不是一生下来就懂得交朋友，朋友是借着行为或思想的互动建立起来的关系，所以，一定要两个人都好才会有一份健康的友情。什么样的人能吸引很好的人呢？我想应该是自己要够好，所以妈妈要鼓励你，不用特别去寻找好朋友，应该督促自己去做一个"好朋友"——开放心胸、不嫉妒、跟朋友说话时谈有益的话题、鼓起勇气劝告朋友改正错误，还有更重要的一件事——不跟别人谈论朋友的秘密或批评他们的话。

在写这篇文章前，妈妈特地去翻看这几年来你的照片。当爸爸把其中几张放在计算机屏幕上时，那些透过光线的记忆仿佛都一一回到眼前了。你真的一直都拥有许多友谊，只可惜这些朋友全都是外国人。现在，你回到了自己的地方，有机会认识更多自己家园的朋友。书弈，要好好珍惜这样的日子！多么希望有一天，当你要再度离开时，能像离开曼谷或瑞士一样，把珍贵的友谊装满你的心中，而此地的朋友如果想起你，希望他们也会说："我觉得翁书弈是一个很棒的朋友！"

只要你有一个真诚的朋友

你就非常富有

在庆幸拥有这样的财富时

记得也要做值得别人珍惜的好朋友

对我来说，光看一份成绩单上的分数，还不如好好看一份她们做的功课或考卷，这样的关心帮助我了解孩子在学习中所遇到的问题，也因为有了了解，我们才知道如何帮助她们，而不让成绩单上的数字来决定一切。

解读成绩

孩子们离开台湾的那五年，我偶尔会迷失在教育的恐慌里，尤其是每次听人说起台湾教育如火如荼地填鸭时，总不禁把"时间"与"成效"做一种理所当然的联结。五年后，两个孩子带着放手一搏的心情回到自己的家园，一晃眼已过完一个学期。

这一段适应期对我们来说，有辛苦、有新奇、有忧虑，当然，也有很多的收获。最大的收获是我们从自己的经验中破除了一些迷思，例如对于"成绩"的解读就是其中的一项。

回台湾之前，我一直以为最困难的是"做决定"，谁知一旦下定决心回来之后才发现，申请入学更是难。多数学校不愿意收国三生，更别提是国外的转学生，大家都说"程度"是问题。私立学校更坚持说：

"我们的进度超前一般学校2/3，你们这种国外回来的学生根本不可能跟得上。"我还没来得及拜托他们见见孩子，回答我的人已经一脸不耐烦。看来，情况比我在曼谷所想的还要糟得多。

就在一家坐困愁城时，有个热心的朋友带我去一所以英文教学出名的私立女校。校长看过了乐旆写的一封英文短信和她在中学的记录，宽容地接纳了她，让她终于可以继续接受新教育。国三的功课既重又乱，但乐旆非常努力。学期初，除了英文之外每科都惨不忍睹，但到了学期末的最后一次月考，她已排名全班第四、全校第三十七名，并且顺利地申请直升，恢复了我所期望的正常生活。

很多朋友知道了乐旆的情况之后都说："她好厉害。"但我愿意更客观地来看这个结果的意义：乐旆的实力与成绩其实是有一段差距的。由于我们的学习评价方式有问题，因此乐旆可以躲过某些能力检验，顺利取得好成绩，考试的形式就是保送她过关的大功臣。

我记得最后一次月考，乐旆在她所考的九个科目中，有六科考了全班最高分，其中还包括国文、地理、历史这些对她来说应该很难的科目。但是，有没有人想过，在这样的测验里，乐旆其实有很多字是写不完整的？不过，因为有很好的归纳与总结的能力，她可以在选择题中大显身手。如果这些测验是像她在曼谷国际学校所做，必须以完整的文字来表述答案，我很怀疑乐旆还能不能考及格。那么，传统中用来反映"成绩"的数字是不是够客观？以乐旆为例，父母可以再思考。

书旆第一次在实小参加月考前，班上流传着一个笑话。一位妈妈对她的孩子说："如果你连翁书旆都考不过，就直接去跳海吧。"结果那一次成绩出来的时候，据说应该被母亲点名去跳海的孩子还不少。问题是，他们真的比学中文才一个月的书旆差吗？我想绝对不是这样的。问题会不会是我们看待学习、重视成绩的眼光？

　　我听说，有些父母常常为了孩子的成绩而心情起伏。这些焦虑我也曾经历过，现在我试着抛开对成绩表面的价值评判，学习多关注教育的内容而不只关心升学的方式。对我来说，光看一份成绩单上的分数，还不如好好看一份她们做的功课或考卷。这样的关心帮助我了解孩子在学习中所遇到的问题，也因为有了了解，我们才知道如何帮助她们，而不让成绩单上的数字来决定一切。

第二部

蓄积

"记得四年级时，妈妈曾为我念过一首诗叫《如果》，那是诺贝尔奖得主吉卜林所写，从此之后它引导我度过了所有好与坏的日子。

在这首诗里，我看到了一种不可思议的心灵，永远在追求更高更远的目标。"

决心让梦想成真

一年一度的世界青少年领袖营开始接受报名，受理的学生以高一、高二为主，乐旂虽然才国三，但有位老师建议她去参加选拔。她上网去美国在台协会看过简章，开始积极准备成绩单和各项表格。除了两位老师的推荐信之外，还有一份英文自传，前几天她把那份即将送出的自传也印了一份给我。看完那篇800字的短文后，我忍不住哭了，久久不能自已。那是头一次我从她笔下读到成长的心声，我的眼泪无关悲喜，只是再一次看到走过那条长路时，全家人紧紧靠在一起的每一个时刻。

让别人提笔写你，和自己写自己是一件非常不同的事。对我来说，这真是件令人困扰的工作。不过，这并不是由于写作者的"盲点"，而是当你在文章中告诉别人，我是"这样"、"那样"的一个人时，所有的判断只建立在有限的基础上，这让我感到很不自在。此外，每一个人所看到的我都会有些不同，相信您也一样，所以与其告诉您我是一个什么样的人，不如多告诉您一些关于我的生活故事，同时，我也会每晚祈祷您有兴趣与我面谈。

在过去的五年里，我住在曼谷并在国际学校就读。如今回顾起来，那真是一条艰辛的崎岖路。四年级到泰国时，我的英文非常糟，连"苹果"这么简单的词都记不住，"希望"是我唯一拥有的东西。但这几年来，我学到了一件事，如果你能咬紧牙关冲过去，并且努力做得更好，你就一定可以达到目标。虽然当时我只是一个除了拥抱希望之外一无所有的女孩，但我开始努力用功，除了努力之外，什么都不想。三个月后我通过了入学考试，进入了我梦中期待的学校——曼谷国际学校。

被学校接受并不等于也被所有的同学都接受，作为一个新来的外国学生，我完全没有朋友，而且周围也没有任何一个人能说我的母语。更糟的是，我非常害羞，连该怎么微笑都不会，所以，绝大多数时间我都是一个孤独者。我的父母非常为我担忧，但我假装自己喜欢那种可以杀死人的孤独，幸运的是，我慢慢在成长，情况在改变。我一直想要成为比现在更好的人，带着这种坚决，我从小学毕业了：一如之前我所告诉您的，人的决心会让梦想成真。

中学三年是我截至目前人生中的黄金岁月。六年级那年，我下定决心，要成为班上的佼佼者。此后的三年，我每一个学期都名列在荣誉榜上，但学业不是我展现才能唯一的地方。我热爱运动，在我回台湾之前还利用课余时间参加校外弦乐团，也在学校的乐团里拉小提琴，但现在我只能为我的乐趣而拉。

为了让自己更进步，我总是在寻找新的挑战，例如竞选学生会主席、在公众前演讲，我试图通过这些挑战冲破自己害羞的帷幕。在这些自我挑战中，我也发现了自己的领导热情。

我很幸运小小年纪就能在曼谷国际学校读书，而且每个暑假又前往瑞士的美国学校学习。这两个云集了多国学生的学校，为我提供了非常国际化的环境。正是这种特别的经历，让我学会了如何敞开心胸去欣赏他国文化，也使我能与来自不同国家的人相处而不失去自我。

如今我回到台湾，在当地的学校就读。虽然我有五年未接受中文教育，回来后又马上加入国三紧张的学习，但我还是很快适应了，并且超越了别人对我的期待。对我来说，这就像是我初到曼谷时的崎岖路一样，唯一的不同是，我已经是一个比较成熟的大孩子了。

记得四年级时，妈妈曾为我念过一首诗叫《如果》，那是诺贝尔奖得主吉卜林所写，从此之后它引导我度过了

妈妈是最初的老师

所有好与坏的日子。在这首诗里，我看到了一种不可思议的心灵，永远在追求更高更远的目标。这也是当我看到了眼前这个机会时，我就提笔写下关于自己的小故事的原因。

多么希望我能跟来自全世界的青少年，手牵着手迈出我人生旅途的另一步。

后记：

自传与资料送出后的三个星期，乐旂收到通知，前往台北参加笔试与面试。她如愿地被录取了，准备于2002年7月与其他团员一起飞往华盛顿。他们将与来自全世界的代表们一起度过一个月的交流与学习。

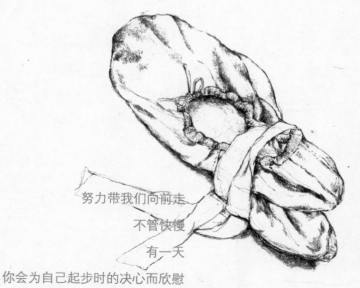

努力带我们向前走

不管快慢

有一天

你会为自己起步时的决心而欣慰

展 翅

赠你的翅膀中有爱、祝福、尊重与不舍，期待梦想会带你到很远很远的地方。

2002年之后，

我们又再次回到曼谷，

并在2004年再赴新加坡。

这两次迁移因为有了前两次的经验，

适应已不再是艰难的挑战。

孩子从初中进入高中，

我一步步认识到，

不同教育阶段中亲子协力可以渡过许多难关，

也在大女儿申请美国大学的过程中，

更了解父母的关怀对她有多么大的帮助。

乐旂如今远在美国东海岸的费城，

不仅努力求学，

也勤奋工作，

我为她有充实的大学生活而感到非常欣慰。

18年来点滴的琐碎教导、

无数次的讨论，

或曾有过的冲突，

都在她离家后才证实当时的坚持并没有白费……

不管在哪里，不管有多忙，晚餐都是全家分享情绪的时间，在那段团聚的时光中，她们的笑容很灿烂，而我的心情也特别安定。

家在心就定

曼谷国际学校开学前我们飞抵曼谷。到达当天，在旅馆稍事梳洗之后，丈夫就载着乐旂和书旂赶往学校去讨论选课事宜。新的学校生活、学习概念在回台一年后又要重新构建起来了。

回曼谷国际学校后的乐旂上十年级，是高中四年中的第二年；书旂七年级，是初中三年中的第二年。她们各自错过了高中和初中的第一年，所以有许多习惯要开始适应。例如书旂要学着每一堂课都换教室，在短短的时间内开柜子、拿书、放书，上完体育课要淋浴。乐旂的高中课程则是每堂授课时间改为90分钟，没有上课铃和下课铃，自己得掌握时间；每个人分配到的午餐时间不一样，好朋友因为选修课不同也不一定能常常见面，生活有了很大的改变。

第一个星期我们住在饭店里，等待找到合适的房子，好把寄存的那280箱行李领出来，重新安顿成一个家。孩子们功课很忙，所以我就更急于要经营一点属于家的气氛，来为她们加油打气。饭店里每个房间都有个小厨房，虽然只有简单的厨具，但每当暮色袭上29楼的落地窗前时，我也总是为她们预备好了家常的一餐。四人围坐在小圆桌前谈一天的学校生活，讨论选课、参加活动的种种问题。

重返曼谷对书旂来说差异并不太大，她只是看起来更像一个大孩子了，也开始学日文，生活还算轻松。乐旂就很不一样了，高中的课程开始加重，九年级所漏掉的得自修补齐。更重要的是，她的好朋友全都在学习第四年的法语课，而她才刚开始第三年的法语课。我可以在她偶尔露出的疲倦笑容里，感受到新生活的负担。她每天清晨5点起床，吃很多早餐，带着足够的能量坐上5点50分的校车去上学，专心听完一天的课后，3点半回到家再吃很多的点心，然后一路奋战到上床。当然，不管在哪里，不管有多忙，晚餐都是全家分享情绪的时间，在那段团聚的时光中，她们的笑容很灿烂，而我的心情也特别安定。

交替接受中英文教育，我没有办法用好或不好来形容转换的境况与心情，只是一次又一次地体会到随遇而安的智慧，而"尽力"可以锻炼出"能力"，在困难中，亲子都会日渐成熟。

后记

我很重视早餐。一起床最重要的是灯光，灯开得刚刚好，每个人心情就很好。我会同时把NHK或CNN打开，让一天开始就很有精神的感觉迅速传播出去。然后就是食物了。

每天一定有一杯现榨的蔬果汁或自己做的水果奶，主食是烤奶酪面包、羊肉粥或日式鱼饭轮换着；蛋也是水煮蛋、蛋卷或太阳蛋经常变换。她们中午吃得随便，所以早餐特别重要。更重要的是，宁愿早一点起床，绝不要让孩子的早餐吃得慌张草率。我也会经常换地方让孩子吃早餐，有时在阳台，有时在餐桌。

不要把大脚印当成其他孩子的成长标准，也不需刻意隐藏、视而不见来保护另一个我们认为比较不行的孩子。

我认为身为父母，最重要的就是对孩子们留下每一双或大或小的脚印都仔细端详并深深爱怜。

珍惜每一双大小脚印

我知道有一些父母很容易就可以分清自己的孩子当中，哪一个比较聪明，哪一个比较平平。但对我来说，要做这样的比较真是太困难。

记得书旂在实小读书那一年，家长会上曾有位妈妈提到，他的小儿子比大儿子聪明，常常拿奖状，房间墙上贴满他的战绩。有一天在国中念书、成绩并不怎样的哥哥积愤已久，把墙上的奖状统统撕下来，大叫着："贴什么贴？"那位温柔无助的母亲说："从此以后我就叫小儿子不要再把奖状贴起来了。我们该怎么办呢？教育孩子真的很难！"她忧心忡忡地说着，脸上的表情、言语中的担忧全都清楚地印在我的脑海中！

我们家也有手足比较的问题。姐姐乐旂不一定聪明过人，但勤奋好学，在曼谷国际学校以过人的努力拿下中学三年全部A+的成绩。这对书旂来说有没有什么压力呢？说真的，在曼谷的时候并没有，小学五年里她的成绩一直都很好，老师们对她的潜力更是称赞有加。最主要的是，曼谷国际学校的小学教育完全侧重启发与人格的培养，在这种教育环境中，她可以保留自己的风格，快乐地成长。

两个孩子非常不同却也相互影响，我从来无法把她们相提并论、一较长短。我注意到，即使是先后做过的一样功课，乐旂和书旂也会采用完全不同的方法。我很高兴每一个孩子都有自己独特的一面，所幸这并不是我一相情愿的想法。

再回到曼谷国际学校的书旂，第一天到校准备选修课程时，因为辅导老师不在，所以由副校长苏札博士代理。当我们在办公室等他结束会议时，走进来一位老先生，老先生和乐旂同时惊叫了起来，原来他是乐旂八年级的老师威廉斯先生。师生两人谈起别后一年的情况，威廉斯老师随口问起书旂要进几年级，"哦！七年级，太好了！"说完老先生跟我们道别先行离开，不久却又返回来，在副校长的桌上放了一张纸条，然后又匆匆地走了，他说他来拿一件忘了的东西。

闲坐中，副校长回到办公室。寒暄之后，他拿起桌上的纸条，读后大笑递给我。纸条上有威廉斯老师匆促的字迹，草草写着：

苏札博士：

请别犹豫，就把书旂小姐放在我的班上吧！我曾教过她的姐姐乐旂小姐，我想继续和这个家庭建立深厚的关系，所以别迟疑也不用谢我，就这么做吧！

威廉斯

副校长等我们都看完字条后，挂着耐人寻味的笑容对书旆说："我会把你的人文课放在威廉斯老师的班上，但是如果他在课堂上连续提起乐旆的名字两次，你就来告诉我，我马上帮你调班级。小姐，我知道做第二号人物的感觉，我想你不能一直踩着乐旆的大脚印往前走。"

就这样，书旆真的进了威廉斯老师的人文班。我们都很好奇他到底有没有常常提起姐姐使书旆感到不自在，显然，威廉斯老师很喜欢逗书旆，而书旆也应付自如。

书旆说，有一天威廉斯老师摇一摇手上姐姐八年级在班上活动里拍的照片，问她想不想看"天使"的照片，书旆说："不想，因为我'每一天'都跟天使住在一起。"

开学后不久的开放教学日，我们又见到了威廉斯老师。我问及落了一年功课的书旆读七年级的英文有没有问题，老先生笑得开心，摇摇头说："她非常好，如果有问题，那恐怕是我常常提到乐旆小姐吧?!"说完又情不自禁地笑了起来。我告诉他，没问题，书旆也常提他们之间那些小玩笑！

在姐姐光环映照下的书旆，显然并没有感受到特别承受不起的压力，她以自己的方式和姐姐的精神，开始高质量地完成中学学业。几天前，七年级的人文考试她得到了年级中唯一的满分，威廉斯老师和她之间也还在持续着那些以姐姐为媒介的玩笑，我看到考卷上老先生潇洒的笔迹："乐旆小姐，那个天使，她真好，帮你准备了这一切！"

书旆笑着拿给我看。有这个姐姐很棒，但她是她自己！

陪伴两个孩子长大，让我想起很多家庭都有自己的大脚印故事。

大脚印是一种足迹，留下当中某一个孩子成长的风格，其他孩子或许可以研究、可以欣赏，也可以引以为榜样；但无论如何，就是不要把大脚印当成其他孩子的成长标准，也不需刻意隐藏、视而不见来保护另一个我们认为比较不行的孩子。我认为身为父母，最重要的，就是对孩子们留下每一双或大或小的脚印都仔细端详并深深爱怜。

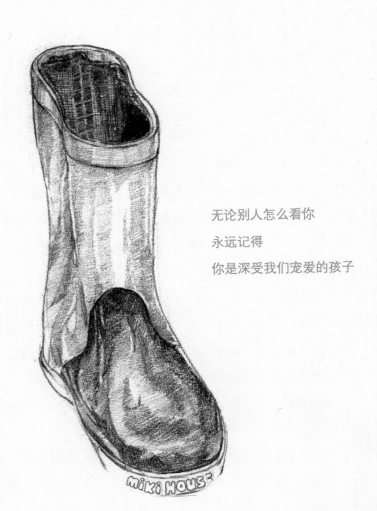

无论别人怎么看你

永远记得

你是深受我们宠爱的孩子

青春的制服宣言

在初中部的周刊上看到一篇书妤写的文章,是关于制服的短文。看着看着觉得很有趣。这是50年来曼谷国际学校的学生头一次穿上校服,即使这个方案是在三年中慢慢演变成熟的,多数孩子还是不适应。更有趣的是,这是我头一次看到所谓的制服竟然还有这么多样的选择:上半身一律着Polo衫,小学、初中、高中各两种颜色,下半身是以黑金两色为设计基调的咔叽和黑棉布,款式有长裤(女生是小喇叭裤)、双边小开叉窄裙、齐膝裤裙、七分裤和短裤五种,自由选购。说真的,看起来也够时髦了,但是50年来未曾有过的限制一旦确立,终究还是一种新捆绑!特别是对青春年少的心情。

我当然喜欢孩子穿制服,打开衣柜,简单明了。今天长裤,明天小窄裙，再用自己的小装饰搭配一下，既不失少女爱美活泼的变化，也不致像自由穿着时那样担心她们会野过头。如今遇到一个月一次不用穿制服的日子，每个人都开心得不得了，像一群出笼的花蝴蝶，让人不禁醒悟，自由的珍贵多半还是相对于适当的规范与限制吧！

我喜欢书旂在生活里寻求写作的题材，也喜欢在文章中看到她对报道性的文章采用的观点与笔法：

让人进退两难的制服

今年学校最大的改变是开始规定学生穿制服，这不只成了学生的热门话题，也是老师和家长所关注的问题——学生们对一定要穿制服上学是怎么想的？老师们是否觉得穿制服对学校形象来说有所帮助？家长们呢，喜不喜欢孩子穿上制服的模样？

"制服"是一个名词，却不代表某一种固定的形式，多数孩子不喜欢制服，是因为对他们来说那是一种"限制"，而孩子们在任何事上都是不喜欢被限制的。

但我们也可以从不同的角度来看这个问题。积极看来它的确有几项好处，例如，不需要特别花时间去找要穿的衣物，也不用担心别人对你的穿着品位有什么看法，因为大家看起来都差不多，还有，这让学校的形象变整齐了。我们很幸运，即使穿制服还能有这么多的选择，而大部分学校只为学生提供一种设计。

虽然穿制服是有优点的，但一如先前所提，大部分学

妈妈是最初的老师

生并不喜欢这个想法。有些学生提到他们不能再穿得像以前那么舒服了，但也有一些人是因为大家都抱怨，所以也就跟着发牢骚。

就学校来说，既然决定立下穿制服的规定，当然也该改进某些制服上存在的缺点。很多人觉得制服剪裁不够合身，也有人觉得布料不够好，特别是白色的上衣有点透明。

假如学校可以根据各方面的建议而力求改善制服的缺点，让学生穿得更舒服，或许大家也会开始试着去喜欢"制服"这两个字了。

第三部 展翅

我跟乐旂说，人总是先发现自己的弱点而后才能成长。

她快慰地点点头，也许是因为妈妈了解她想冲出这段困境的心情而感到高兴吧！

发现弱点才能成长

我们不喜欢孩子去外面补习，因此当她们在功课上遇到困难时就得自己担负起辅导的责任。记得乐旂在国三的一年里，爸爸一肩扛起她的数理辅导责任，只要乐旂要求，必定放下手上的工作，陪在书房里和她讨论问题。孩子的主动求助，不管对功课还是对压力的舒解都有很大的帮助。当然，更大的帮助是，亲子关系从生活上的关怀扩大到功课的讨论。

回到曼谷上十年级的乐旂，最感吃力的科目竟然是英文，当她提起时，我感到非常诧异。乐旂开始学英文虽然只有六年，但她一直都表现出色，听、说、读、写发展均衡，七年级那一年参加艾奥瓦学力测验，核心分数已达前99％（艾奥瓦学力测验是全美及海外美国学校的学生每年都要做的程度评估。除了以词汇、阅读、理解力、数学各项比较单一的项目之外，还有一个综合的比较评分，称之为核心分数），然而开学后她却一再表示把握不住这门课的重点。我专心聆听她的诉说，希望能帮她改进学习方法或舒缓情绪。

我开始仔细关注她目前所学的英文教材。十年级的英文分为两组，进阶英文在这一年里要做"狄更斯作品赏析"，乐旆因为九年级没在这里上，因此不能选这门课；另一组则以"诗的讨论分析"和"论文写作"为主要教学内容。我看了她的一些试卷，试题的确不容易。比如，一份考卷里列入四首没有教过的诗，然后问题如下：

　　　　在《The Eagle》这首诗里作者用了很多象征手法，请列举三种。作者通过这种安排所要让我们看到的是什么意境？请提出详尽的分析来支持你的想法。

我看了乐旆洋洋洒洒一大段的答案，20分的题她只拿到14分，老师在一旁用绿笔写着："你应该多告诉我们一点'诗的内涵'"。

乐旆的考卷和报告我看得越多就越了解她所遇到的问题，我也同时让她把生物、现代史这些科目的试卷和报告都让我看看。在这两门大量使用英文的科目里，她的分数都很高，显然英文的应用并不是她的困境。或许是从一般的英文进入"文学"而产生的一些困难吧！于是我开始跟她讨论我的想法。

虽然我的英文程度已不及乐旆，但是以成熟度或探讨文学问题的能力来说，我相信还是能给她提供一些具体的学习建议，这也是她常常在我忙时，还要围着我给我朗读一个报告或一段短文的原因。听听别人的意见能帮助自己发现学习的盲点。就在我们交叉互动的提问中，我深深感受到亲子之间的心灵沟通，跟父母亲是否精通那个谈论的主题并不相干，愿意关心、提出疑问或许就是孩子所需要的力量和鼓舞。

开学后，两个月很快过去了。我工作虽忙而且有时会离开曼谷，却尽心关怀两个孩子的心灵与功课。不在家时，我就每天以电话代替同桌共饭时的相聚。我跟乐旂说，虽然我不希望她太担心，但她对自己能力的疑问是没有错的，人总是先发现自己的弱点而后才能成长。她快慰地点点头，也许是因为妈妈了解她想冲出这段困境的心情而感到高兴吧！

英文非母语的国际学生通常会以数理为学习重点。大家总觉得要跟那些母语就是英文的同学比英文很困难，乐旂在这方面却从不曾畏惧过。她做每一项功课都比别人花更多的时间，日积月累，英文水平就提升了很多。

9月初，乐旂的英文还在B、B+的边缘进进退退。和其他科目相比，这根本不像她的成绩，但是到了10月，一切渐入佳境。月中的一个周末，她拎着一张自己都感到骄傲的口头报告评分表给我看："妈，你应该看到我讲完后老师脸上那张笑开花的脸，我真希望当时手上有一台照相机。"

我打开那张对折的纸，上面印着"口头报告评分"（诗）和14项评分的重点，翻过后页，老师用铅笔写着：

> 乐旂，很明显，你对这首诗的理解很深刻，准备充分，
> 而且陈述时非常有组织。你也有效地运用了诗的文学语句作
> 为分析的根据，我连一分都没办法扣！

三天后的成绩报告日，我们见到了老师。乐旂没有同去，因此握手

之后老师问我们是谁的父母，当我说是乐旂的父母时，她恍然大悟地笑了起来，说："哦！是的！是的！你们长得这么像，我应该能联想得到的，真抱歉！"

她请我们坐下，自己也坐好后，神情严肃地说："一个非常非常好的孩子，你们真该为她感到骄傲——聪明、努力、十足的完美主义者。"

她拿出一条列明各项作业、报告、大小考的分数表给我，是乐旂截至这个星期的成绩。接着她轻轻在最后一项成绩上用铅笔圈出分数，慎重地说道："高中部我总共教了四个班级，我没有给过任何一个学生满分，但乐旂得到了。她的内容、她的准备和那种报告时的自信真让人感动。"

我说："事实上乐旂很担心自己回来后跟不上进度，所以一直非常努力。"

老师爽朗地笑了："这就是乐旂，不是吗？"又跟她谈了一些写作和其他的问题后，我看到后面已经有家长在排队等候面谈，赶紧起身跟老师握手道别。

离开前，乐旂爸爸和我走到角落去取用学校准备的咖啡小点，一边环顾着满场各科老师和家长轻言细语却严肃慎重的谈话，我已经感受到自己的生活里开始出现各种升学语言，PSAT（基本学力模拟考）、SAT（基本学力测验）、Full IB（International Baccalaureate，全科国际文凭）……我知道在任何环境里都不能免除升学压力，一如生活里的竞争。但是如果孩子在努力中不只追逐成绩、名次，而能真正体会到学习本身的快乐、满足，以及为自己尽力之后的成就感，那竞争也可以是一种成长的激励！

在社区服务中体验生活

曼谷国际学校的高中生，毕业前必须完成40个小时的社区服务，如果参加IB得再加上140个小时，因此回来后乐旂的生活变得非常忙碌。她常常利用星期六一整天出门工作，以完成几个小时的服务认证。有时路途很遥远，舟车劳顿用去许多时间；有时天气很热，烈日下工作耗去大半的体力。但乐旂不曾为此有过一言半语的抱怨，而是在周日更加用功，以弥补前一日不能自由支配的时间。

9月初，学校发函告知家长，各选修课将前往不同的国家交换学习，这是每个学期一次的校外教学活动。乐旂的弦乐课预计定在巴黎和维也纳两地。当我正要签家长同意书时，乐旂却告诉我："妈妈，我不去，我要利用这个星期的时间去泰北帮穷人盖房子。我已经去过几次巴黎了，所以我想把时间节省下来做我的社区服务。"在那次谈话里，我感受到她看待社区服务是多么认真。

9月中，我回了台湾。一个周六，她随同"绿色大地"社团去海边清理垃圾。她一早就出门，黄昏回到家才能给我打电话，电话中告诉我海边真的很脏，但她捡垃圾捡得很开心。她说工作一两个小时后，同学们都跑到水上乐园玩了，只有她一个人留在海边继续捡。

我问她："为什么不一起去玩？"

她说："既然来了，就是为了捡垃圾。我在海边越清理就越起劲，几个小时后，海边有个小店的主人拿了一瓶可口可乐给我，他说我真的很乖，今天刚好是他的生日，所以他很想请我喝杯可乐。我喝下第一口之后，就想到万一是坏人怎么办，所以谢谢他之后，我就赶快往人多的地方跑去，希望如果有人下药，我还来得及在药性发作前离开现场。"

我在电话的一头笑着听她把话说完，笑声中夹着几行泪水，自己都分不清泪水中，喜悦比较多还是心疼比较多。

下一个星期六的一早，乐旂又出门了。这次她去残障儿童运动会当辅导员，校方事先已给了她当天辅导对象的资料，是一个九岁的聋哑小女孩。我说："你不会手语，应付得了吗？"

她成竹在胸地答道："没问题！我很会比手画脚，而且阿公不是常常说吗，爱，是瞎子也看得到、聋子也听得到的……"

我信任地端详那张热忱的脸，但愿她能赢得那个小女孩的爱。那天，忙碌了一天，乐旂回到家时，脸上虽疲倦却有喜悦的神采。她说："那个孩子好可爱哦！我们处得很好，她很黏我，到后来还会欺负我呢！连上厕所都要我背着才肯去。"

我仰头看看眼前这个身高1.68米的大女孩，诚心地赞许她："那一定是因为你很疼她！”

她稚气地笑着用力点点头说："是的！"

经过几次社区服务之后，我更常和乐旂谈论那些不同的活动，听她心中因此得到的激励和感动。我真感谢学校有这么好的安排，帮助她从真正的社会里体验生活。那些地方多半并不美丽也不令人开心，但如果能用一种既非到此一游，也非认识一下的心情，努力去做社区服务，所累积的其实不是一个小时、一个小时的服务认证，而是一块块心灵成熟的基石。我喜悦地憧憬着，过完高中这三年，当她把那180个小时的时数都完成时，相信她怀抱孩子的臂膀会更热情，抚摸老人的手会更温柔，劳动的肢体会更勤奋，而爱人与接纳世事的心也会更开阔，那是期待中我所深深喜爱的孩子。

乐旆给关心她转学状
况的舅舅写信，信中说：

"星期一就要开学，新的
生活、新的朋友、新的课程，
我很紧张也很兴奋，希望未来
的两年我可以在此地发现更
多、学习更多。"

第四度转学

8月12日，我们带着孩子从曼谷飞抵新加坡，这是她们的第四度转学。行前已接到学校的通知，13、14日是乐旆和书旆的选课面谈，10日则是小学到高中部所有转学生的新生训练。信中特别提醒所有的活动家长都要随同参与，学校也准备了午餐与咖啡。

初抵新加坡美国学校，孩子们很高兴，竟然在新学校里发现了几个"老"朋友。乐旆的一个澳大利亚同学跟她在曼谷分手后，去了上海美国学校两年，没想到今年也转到新加坡来了；书旆有个日本同学二年级转来新加坡后，一直留在此地，瘦弱的小女孩如今长成了亭亭玉立的少女，再见面时，大家都对这种不可思议的缘分感到惊喜。午餐时一位邻座的家长问我们从哪里转来，当我们说ISB时她答道：

"哦！布鲁塞尔国际学校。"因为两校校名的缩写是一样的。我们摇摇头说："不！是曼谷国际学校。"她笑得更开心，赞叹地说："从世界各地来的朋友！"

乐旂的辅导老师是麦当娜太太。当我们进入她的办公室时，一下就感受到她那富有活力的个人风格，不管是办公室的布置还是她握手、讲话的力度，都展现出这位热情洋溢的资深老师必然是经验丰富的。

坐下来后，我看到麦当娜老师面前有一沓由曼谷寄来的学校档案。从交谈中知道，她在与我们见面之前，已详细地阅读过这些档案了。乐旂也不是毫无准备的，她拿出一张写好的表格告诉老师她的选课计划。老师从老花眼镜中抬起她的目光，对乐旂嘉许地笑着说："你已经在家做好功课了！"我想起这几个星期来，乐旂常在工作之后拿一沓从学校网络下载的选课资料仔细研究，她有时发呆凝想，有时跟我们集思讨论。转学后有些课程不完全相同，但她想尽办法要好好规划这两年的课程。在曼谷，大部分人会修国际学位课程，但新加坡美国学校只有美国的大学先修课程（AP, Advanced Placement），所以有些计划不得不改变。

在一个小时中，麦当娜老师和乐旂商榷好所有的细节，乐旂的十一年级课程表便从计算机中打印出来。老师拿着课表对我们说："这大概是所有高中生中少有的学术取向选课法。"

在老师的极力说服下，乐旂终于答应少选一门课，即便如此总共还是修了七科，其中有三门大学进阶课，我不禁担心地问麦当娜老师："这样的课程会不会负担太重？"

她毫不迟疑地答道："当然是非常重的，但是每一个像乐旂这样的学生都会如此自我期许，她的选择，我一点都不感到意外！"

她转头又问乐旂："你来来回回在中文跟英文间受教育？"

乐旂笑着说："是的，我们随着家庭的需要而搬迁。"

麦当娜老师摘下眼镜认真地说："我很佩服你！"

那天晚上我们还暂时住在饭店里，乐旂给关心她转学状况的舅舅写信，信中说："星期一就要开学，新的生活、新的朋友、新的课程，我很紧张也很兴奋，希望未来的两年我可以在此地发现更多、学习更多。"

是的，希望又一次新的开始能为这两个勇敢的孩子带来知识的收获与生命的成长！

除了人类之外，似乎没有其他动物有所谓的三代亲情。

能由父母带领去亲近祖辈的孩子特别幸福，因为他们可以汲取的情感根源比较深。

孩子是看着父母的背影长大的

11月中旬我们回台湾处理一些业务，外公和外婆特地来新加坡陪伴孩子。她们开心得不得了，这也是她们转学之后第一次祖孙相聚。分别这三个多月中，祖孙虽然每个星期都会用电子邮件联络，终究不像可以搂搂亲亲、吃外婆的绝妙料理、听外公的生活科学来得真实快乐。

计划从台湾回新加坡的前两天刚好是假日，我打电话回家，是书旂接的，她兴奋地向我报告："妈咪！我们正在大扫除，是为了欢迎你们回来特别做的。"

我逗着她玩说："噢！我们真是太荣幸了！"

她在电话那头不紧不慢地说："那是你们应得的。"

我问起姐姐，猜想中，那个正要期末大考的高中生，大概正在埋头苦读，但是书旂吃吃笑了起来说："姐姐正在刷厕所，而且唱歌唱很大声。"

紧接着母亲接过电话，一边笑一边对我说："为了迎接你们，每一个角落都亮晶晶，两个孩子很会做事哦，打扫真仔细，像你这个当妈的。"

我在电话这头不禁大笑了起来，回答说："是因为阿公阿妈在，所以她们特别卖力。我常常告诉朋友，想教孩子，'利用'阿公阿妈绝对没错！"

母亲感叹地说："那也要对祖辈有相当尊重的孩子才做得到呀！"

我说："对！所以才说要从小开始培养。"

挂掉电话后，我想起这几天刚和朋友们谈起三代相处的话题，心中由衷感谢这17年来因为有双方的父母，在亲密无间的天伦互动里，两个女儿培养出一颗充满爱意的心。她们对祖辈的亲爱与敬重常常让邻人与朋友感到惊讶，更让我们感到欣慰，那样的情感最直接的受惠者其实是我们夫妻。我说"受惠"的理由是：自己想要孝顺父母的心意，因为孩子的加入而更美好和谐，而孩子在当中也学到了她们对父母的尊重与感谢。

日本人总爱说："孩子是看着父母的背影长大的。"我觉得这句话真有意思。"看"代表父母先得做榜样，所以孩子才看得到。孩子不是"听"着教诲长大的，"期望"没有办法用耳提面命来实现，只有自己努力做才会有背影。

有一位韩国邻居告诉我，她的孩子都不喜欢老人，因为年长的人多半啰唆、固执，外表也不清爽。我倒觉得关键在于我们同不同意孩子这种看法，有没有带领他们去观察人走向老年的必然，去回顾老年一代曾做的贡献，使他们了解那些付出就是今天我们的资源。所以谁都没有资格用"喜欢"与"不喜欢"来评断对年长者的情感。

有的年轻父母很天真地以为不要管上一代了，只要从自己这一代做起就好，美好的亲情延续从自己开始；我想，这是不合理的。除了人类之外，似乎没有其他动物有所谓的三代亲情。能由父母带领去亲近祖辈的孩子特别幸福，因为他们可以汲取的情感根源比较深。

孩子们很遗憾在两年前失去了奶奶，但是每当我们看到或吃到一样奶奶生前喜欢的食物时，一家人就会想念地谈起许多与奶奶生前共处的记忆，这些回忆对孩子与家族的联系很重要，对她们生命的健康更重要。

如果爱是丝带，我愿意教会孩子如何使用这些丝带来联结老人日益寂寞的晚年，如何维系家族日渐淡薄的关爱，让她们从小学着用这些丝带为自己的生命编织出美丽牢固的亲情之结。

我说：

　　"乐旂，我们遇到的沮丧常常不是坏事，如果不是因为有法语老师这件事，虽然想，也不一定会主动到这里来，对不对？"在昏黄的暮色里，她愉快地展颜一笑说："真的！不是坏事。"

法语课的挫折

　　从曼谷转到新加坡的乐旂依学校规定修法语。但10月中，她提到想退选这门课，因为老师的进度很慢，常常用听录音带来打发课堂的时间，她觉得很浪费时间，不想上了。我实在感到错愕，上个月我刚拿到老师给家长的进度报告表，上面有个美丽的A+和一些赞美的评语，但是现在孩子却告诉我她不想上了，要去法国大使馆的语言机构上课，好自己准备明年的AP考试。我想全家人应该坐下来好好谈谈了。

　　多年来孩子们如果反映课上老师的教法有问题，我通常先检查自己的孩子在心态或实际的学习上有没有出问题，所以我提了几个问题给乐旂，她也一一回答。

班上只有你有这样的问题吗？其他同学的感觉呢？

"我跟几个同学谈过，大家也都觉得这门课学不到什么东西。"

为什么大家没有退选的想法？

"我觉得大家有一种很矛盾的心理，每个人手上的功课都已经够忙了，如果老师真的像其他科目给那么多东西，只是加重负担，所以大家虽然抱怨，却也不是真的希望老师认真起来。"

如果退选，明年可以修AP吗？

"AP还是这个老师教，十二年级有人上两堂课后就退了，自己准备考试，我也想这么做。"

跟孩子谈完之后，我一方面让她先去找辅导老师，一方面也跟几个有高年级孩子的家长谈谈。我试着要说服乐旂用最好的眼光和心情来上完这一年的课，我们甚至不很负责地对她说：

"没有关系！你就当是每两天可以练习讲讲法语。"

她眼圈红了，说："我既然要花时间，为什么不能真的学到一些东西，每隔一天两个小时，对我来说也很重要呀！"

我觉得自己有些爱莫能助，期待她见过辅导老师后能得到一个结果。

辅导老师也劝乐旂先不要退，她让乐旂去跟法语老师谈谈，她相信老师会乐意听到学生自己告诉她，而不是由其他人转达。第二天乐旂真的去见老师了，听起来情况似乎不错，老师虽然不是太高兴，但给了她AP的教材，但真正的矛盾似乎还没有开始。谈话之后，老师开始在课堂上刻意问乐旂：

"这样你满意了吗？"

"别忘了你也没有那么厉害，只是你想超前进度。"

这些话虽然让乐旂感到难堪，但她还是乖乖上课，直到星期一，学期总成绩出来时，师生两个发生了大冲突。

乐旂说老师找她去办公室，老师开心地挥舞着她大考的考卷说：

"你看看！考这样你还敢说进度太慢？"

接着老师就对她大吼："我是合格的AP老师，不必你来告诉我怎么教书。"

乐旂说她忍不住哭了起来，因为在国际学校这么多年，她从来没有见过这样的老师，而且她发现自己的考卷其实是重复错一个小地方，通常老师会扣分但不会累计扣下去，她突然觉得非常伤心。而我除了心疼之外，觉得孩子提前领会真实世界种种不平的一面，或许也不无益处吧！

学期总成绩单出来时，法语的成绩是A，老师的评语看起来也还是非常善意，但是我却鼓励乐旂退选这门课。这次，反而是她不愿意，她说：

"我一定要在下一学期拿到A+再退，这样我才可以跟辅导老师说，我已经尽力试过了。"

虽然当时我心中想着，如果这位老师并没有真正的公平，你再努力也拿不到A+，但却无法开口跟孩子说起这样的疑虑。因为我觉得自己不该在这个时候就为整件事下结论，我还期待着老师能看到乐旂想多学的上进心，而不是在做挑战师尊的抗议。

星期二，学校十、十一年级的学生有一场基本学力模拟考，下半天没课。乐旂跟我说她要去法国大使馆询问额外补习的事，我无法陪她，于是她乘地铁自己去找，考试那天，我才带了书旂一起去给乐旂加油。

成绩马上出来了，笔试只错一道题。主考老师说，这是相当难得一见的好成绩，他建议乐旃今年就参加法国政府举办的测验，并说如果2005年前通过第四级，那就可以不经入学考试直接去法国上大学；即使不去法国上大学，通过这个考试也是一种很好的资格证明。

　　离开法国大使馆时，赤道上的天空已经整个暗了下来，乐旃的步伐显得格外轻盈，我牵着书旃的手，回头对她说：

　　"乐旃，我们遇到的沮丧常常不是坏事，如果不是因为有法语老师这件事，虽然想，也不一定会主动到这里来，对不对？"

　　在昏黄的暮色里，她愉快地展颜一笑说："真的！不是坏事。"

我总在为乐旂和法语老师的和谐关系而担心。

因此，我常常会劝她要相信老师的善意，也一再叮咛她要在课堂上尽力。希望当他们都忘记星座和种族的时候，乐旂有如沐春风的感觉，而老师有得英才而教之的快慰。

当射手座遇到西班牙人

星期三的下午3点多回到家，乐旂神秘兮兮地宣布："晚餐的时候有件大事要告诉大家。"

我还来不及细问，她就带着妹妹出门去老人院工作了。准备晚餐时，我回想起她说话的神情，不禁有点担心，这孩子是闯祸了，还是哪件大工作耽误了要被罚？母亲似乎总会本能地把事情想得最坏，我时而担心，时而忙着手边的事，直到7点她们回到家中。

全家在晚餐桌上就位后，乐旂正襟危坐地诉说她的"大事"：

"我今天跟法语老师又有一次大冲突，不过，还好、还好，结果是美好的。"

她似乎很意外自己的表现，竟然赞美自己很"冷静"而且"处理得当"，我觉得又好气又好笑，催促她把事情讲一讲。

乐旂说今天老师突然来个临时考，很难，满分30分，她才考12分。因为考卷是交换改（她一直对法语老师这一点很不满），而老师没有制定明确的扣分标准，所以她跟旁边的同学就采取最严格的改法，只要句子有任何一点错误就算全错。全班分数都出来之后，大家发现有个平常学习很差的同学竟然考了25分，全班同学纷纷骚动起来，于是老师说："乐旂，你来帮他重改一次。"

乐旂用她们改自己考卷的标准一改，那位同学的成绩只剩两分。这次换老师亲自改乐旂的考卷，以她的新得分22分作为满分，请大家重计全班的分数。但是因为老师还是没有言明扣分的标准，所以大家又开始有点乱了。于是我们的"正义之师"在课后专程去拜访了老师，以致引起了一场冲突。

乐旂说，希望老师以后的考试可以明立标准让大家依循。老师很生气，开始咆哮起来，她问乐旂：

"为什么你总是把自己的感觉扩大成每一个人的共识？成绩真的有这么重要吗？"

乐旂说："老师！你明明知道在这个阶段，成绩对我们真的是很重要，而且诚实更重要，所以我们才需要一个公平的标准。"

乐旂很喜欢用"嗒嗒嗒嗒……"形容老师继续不断的慷慨激昂。她说，这次呢，她完全可以控制自己，只让泪水在眼眶里打转，绝不流出，也不再争辩。

过了一会儿，奇迹突然出现了，老师竟然静了下来，对她说：

"你知道我们的问题在哪里吗？你呢，是个射手座，直接得不得了。我呢，是个西班牙人，非常易怒，每次你的直接总是把我最坏的本性给引了出来，但是其实我们还是互相欣赏的，我知道你是个好学生，也是我班上最有实力的一位。"

乐旆则说："如果我曾让你生气，我很抱歉，希望2004年起我们有一个新的、好的开始。"然后她们互相握手言和。

我听了忍不住大笑起来，心想这哪儿像学生跟老师说的话，简直就像小学生断交、复交的大和解。我想起一个问题，忍不住问乐旆爸爸：

"如果一个西班牙人刚好是射手座，那该怎么办？"

我们这位冷静的爸爸说："不知道，不过可以知道的是，乐旆绝对不可以嫁给西班牙人。"

整个学期里，我总在为乐旆和法语老师的和谐关系而担心。我并不是担心激怒老师因而影响她的成绩，我忧虑的是孩子失去当学生该有的分寸和尊重。因此，我常常会劝她要相信老师的善意，也一再叮咛她要在课堂上尽力。希望当他们都忘记星座和种族的时候，乐旆有如沐春风的感觉，而老师有得英才而教之的快慰。

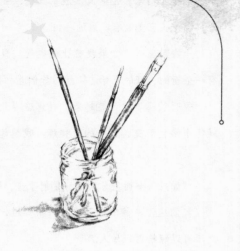

学校在开设每一门课程时都分为两三种难度，孩子在选课时可以像量身定做那样，找到适合自己程度的等级，而经验丰富的辅导老师会给孩子提出该进或该退的建议。

选课量身定做

周末放学回家，书旂很兴奋地告诉我们，这个星期就要开始高中的选课了。她把一本选课指导放在桌上说："吃完饭后我们就来讨论讨论吧！"我看了一下日历，才3月初就开始选课，还真是早。但后来得知，学校对高中新生的选课安排是一选就要排出四年的课程计划，对校方来说工作相当复杂，必须早早着手。

美国学制的高中，四年规定的学分数为22，但2006～2008年的毕业生学分数增为24，除了依据大学建议的学分分配之外，选课上各校作风并不相同。例如，在曼谷是不接受跳级的，但在新加坡高中的四年里，每个单科都可以自由选课，只要有老师的推荐，九年级想修十二年级的课，可以！两星期内不行了要回来，也可以。学校鼓励自我挑战，但在选课指导上也详列着每一堂课必备的程度，以免空有想法而实力不足。

虽然这是一场预订四年的大选课，但是现阶段的年度选课还要再经过辅导老师和学生的讨论，根据最新状况不断修正才会定案。学校在开设每一门课程时都分为两三种难度，孩子在选课时可以像量身定做那样，找到适合自己程度的等级，而经验丰富的辅导老师会给孩子提出该进或该退的建议。

比如乐旆大学想主修人文科学方面的系列，所以英文跳过十一级直接修语言AP，明年继续拿第二个文学AP是合理的安排。数学方面今年她跳级修大学预科的微积分一，但并不想明年继续修微积分二，而想用同一个时段来修第二年的"JAVA-AP"（计算机语言先修课程）。

辅导老师并不认同这样的安排，她说申请大学时，学校的选课表会连同成绩单一起送出，当大学看到这份选课单时会有一种疑问，觉得你一路跳得那么快，成绩也很好，却突然放弃最后一站，原因是什么？（他们大概要怀疑到毅力问题上了。）所以她建议还是继续拿数学的第二个AP。像这种情况，孩子在思考之后，多半会接受辅导老师的建议。

选课单发下后第二天，我接到一位韩国邻居的电话，她的儿子就要升十年级，她请我问问乐旆选一门课比较简单的等级得A比较好，还是选同一门课难度较高的等级却得B比较好。我说不用问了，我可以保证乐旆的回答一定是选难的课，因为几天前我刚听她循循善诱着妹妹九年级就要开始选AP。乐旆简直就像书旆的另一个妈妈那样对我说：

"我是希望书旆九年级就选修JAVA。"

我说："不要急，提前准备是很好，不过明年她选的课都是为AP而准备，我希望她有足够的时间打好基础。"

我看看书旆的课表，如果按照这个进度，她十年级就会开始修AP，进度非常快，我们实在不能再急了。她自己的想法是最重要的，不能因为是家里最小的就得全盘接受我们的意见和经验。

选课和成绩永远都是升学路上父母心中的疑惑，分数比较重要还是实力比较重要？在这些事上，我很珍惜别人愿意与我分享的经历或给我的告诫。在曼谷，有位邻居的孩子因为修了英文国际文凭（IB）的高阶课，成绩不大理想，他的父亲觉得孩子的总成绩被一科拖垮，对申请大学没有好处，因此父母要求老师从高阶转为标准课程，因为那一天是亲师日，所以我也在场。

那位老师说了一句让我难忘的话，他说："如果你要的只是漂亮的分数，就该转出去；如果你想真的学到东西，留下来跟着我。"

这番话给了我很好的启示，强行跨越程度固然不是好事，但是如果要挑战更难的实力，有时候得抛开成绩所给予的压力。

讨论了好几个晚上后，书旂终于把她的大选课表交出去了。5月底学期就要结束，书旂即将升上高中，有让人期待的课程，有更多的活动，也需要更多的投入。我欣喜地期待着一个新阶段的来临，相信这又将带给我们家许多活力，也会给孩子更多努力的动机。

我们分享姐姐的成长经验供你参考

但是

你就是你

我们永远不会混淆这种独特的感觉

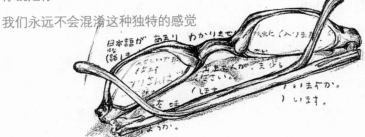

我一半心疼、一半高兴地在众人皆睡的寂静里，听她朗读那段声情极美的传世之作，虽然"我不是不爱恺撒，而是我更爱罗马"那一段对我来说并不陌生，但在清凉如水的晚上，听苦读之后还能如此振奋，是一个母亲特别的体验。

陪女儿挑灯夜读

这个星期正值感恩节假期，本来应该轻松愉快的假日，对乐旂来说却是一刻也不得闲。从现在到明年此时，将是高中生活最辛苦的一段日子，老师们常常用电子邮件发来一堆功课，和宣布将要举行的考试，然后在信末开心地祝大家"好好'享受'"。

前天辅导老师的信终于来了，信中说：

亲爱的十一年级同学：

我希望你们能好好享受这个星期的假日！你们知道，12月1日是所有大学申请的截止日，我们十二年级的同学都拼命努力，希望在截止日前一切都准备就绪。等过完12

月，各大学的目标也会跟着转移，你们即将成为聚光灯下的主角。

基本学力模拟考的成绩还没有从美国寄出，如果是在假期中送达，你们可以在我们的家庭网页中查得，还没有做性格测验的学生或许应该趁这个机会试试我们的网站好不好用，你一做完我就会拿到所有的分析，而且这份报告会把你的性格暴露无遗。（当然是开玩笑的！）

我们将在1月的第二个星期开会，好好商讨关于大学申请的准备工作，在开会之前你们需要做的事其实不多——只要把这个学期的成绩搞好！

长假愉快！

麦当娜

未来的一年中除了要把学校成绩搞好之外，孩子们还需要自己准备基本学力测验、指定科目考试、托福和AP考试。这些考试并没有统一的时间，准备好的人上网选定考试时间就去考，所有的计划都在自己的掌握中，如果不积极、拖拖拉拉，到时就会众"试"缠身、苦了自己。到了十二年级还有各大学要求的文章要写、数据要填，时间会更紧张。更何况好大学都期望孩子在课业之外仍有余力，所以几项运动和几个社团是少不了的，谁也不能专管读书、单做书虫。

有一天乐旂告诉我，JAVA班上的每一个人看起来都像要死掉一样，因为上完一天的英文AP、微积分和欧洲史之后，虽说计算机课是每个人心中比较轻松的课程，但是一天下来脑汁也差不多用尽了，结果老师又突然来个编程序的临时考，真是苦不堪言！

看到孩子课业如此沉重，我也常常会软弱下来，偶尔会给乐旂一些她并不太喜欢的建议，比如，我希望她星期六不要再去上法语课，这样早上多睡一会儿，可以不用一大早赶着出门。有时候我会说：

"明年不要再选那么多大学课程了，负担太重！"

她笑了，但带着一种微微伤心的语气对我说："这倒是个不错的'鼓励'！"

她的话里有一种意味，觉得妈妈这次怎么不再理解我了。但是乐旂又怎么知道我要在"赞许她的进取"与"心疼她太辛苦"之间挣扎过多少次才会说出这样的话?!

每晚不管有多困，送书旂上床后，我一定陪乐旂在大桌上一起读书，直到她合上书本决定去睡时，我才会放下自己的工作。尽管在课业上我帮不上她的忙，但是母女这样挑灯夜读也自有一种知心与乐趣，至少灯下的孩子不是孤军奋战。我们通常对面交错而坐，各自对着书和计算机，埋头在自己的思绪里，想说说话时只一抬眼也就有个安心的伴儿，感觉很踏实。

记得有一次夜读的间歇中，我们谈起她英文AP正在上的内容，是莎士比亚的剧本《裘利斯·恺撒》。虽然谈得起劲，但夜已经很深了，我不得不催促她上床，但她孩子气地央求我无论如何再听她念一段、再一段……

我一半心疼、一半高兴地在众人皆睡的寂静里，听她朗读那段声情极美的传世之作，虽然"我不是不爱恺撒，而是我更爱罗马"那一段对我来说并不陌生，但在清凉如水的晚上，听苦读之后还能如此振奋，是一个母亲特别的体验。

我不禁在心中为眼前这个孩子衷心祈祷——但愿这辛苦的一年我

们能做她最好的伙伴，分享她一如此时领会的快乐，并且学会智慧地分担她一定会有的苦痛与压力；也愿在明年此时回忆起这些片段时，可以心满意足地说："虽然辛苦，但是一路走来很充实！"

人间的幸福
再也没有比一盏灯下
欢聚的一家人更具象了

我曾开玩笑地跟一个朋友说，两个孩子小的时候，一个是进取的狂者，一个是有所不为的狷者。

所以呢，我要做的是一个拉、一个推，真是煞费苦心。

姐妹俩，大不同

有人问我是不是比较疼乐旂？因为在我的记录中，她的篇章比妹妹多。又有亲近的朋友对我说："我觉得你好疼书旂，处处都是怜惜。"疼谁，到底比较疼谁？我想，凡是父母都会同意，这个问题不可能有答案。

我的父亲曾经跟我们提起，当我们都还年幼时，有个台风过后的黄昏，他一手抱着我，另一只手牵着其他三个孩子，一起到堤岸上看海，没想到一个浪头拍打下来，直逼到我们站定的不远处。父亲说他吓坏了，惊吓过后他问自己，如果那个浪头真的酿成灾难，他到底要救哪一个孩子？

我也听哥哥说起台湾"9·21"大地震那夜，他从房里奔往两个孩子的房间，就在那紧急惊惶的一刻，他却在儿子与女儿相对的房门前呆立数秒，无法做出要先去抱哪一个孩子的选择。

记录中我写乐旂比较多，是因为在养育之路上，乐旂是我们初为父母的第一个功课，她总是为我们带来最新鲜的尝试与经验。我们带她既没"照书养"，带书旂也没"照猪养"。生活里书旂喜欢穿姐姐的旧衣服，教养中我们也参照从姐姐身上得来的旧经验，合则用，不合对我们来说也不是令人紧张的难题。毕竟是驾轻车就熟路，心情起码比养第一个孩子稳定轻松些。

书旂是个温和的孩子，温柔却有定见。她的成熟因为藏在轻言细语与开朗的笑容里，常常被外人忽略。但我是极了解书旂的，看到她的某些举止，就仿佛看到童年时的自己。我总是试着回忆自己的童年来了解她。

乐旂与书旂在求学的路上，条件相仿但表现相异，与我们的互动也不尽相同。乐旂把我当"同学"，大大小小事唧唧喳喳总要跟我有个商量，所以我才会对学校的各种制度与学习内容知之甚详。书旂呢，所有的经验都已在姐姐的分享中提前了解，因为有姐姐，所以她的疑问就没有那么多。她喜欢自己掌握读书计划、时间管理。但她爱跟我谈生活，讨论一本本食谱上的精彩内容，跟我分享她画一幅画背后的心情故事。我高兴她们按照自己的特点去发展，所以，谈功课的我爱听，谈生活的我也爱听。我常庆幸外表相差不多的她们，性格特点却非常不同，让我这个母亲当得丰富有趣。

我曾开玩笑地跟一个朋友说，两个孩子小的时候，一个是进取的狂者，一个是有所不为的狷者。所以呢，我要做的是一个拉、一个推，真是煞费苦心。有乐旂这样的姐姐在前面冲锋陷阵，会不会影响到我们对书旂的教育方式或成就的期许？一定会有的，只是我们把这些标准都做了一种评判，那其实不是一天两天就领悟的功课，而是许许多多自我检讨、夫妻共商与亲子沟通后的结果。

乐旂喜欢自我挑战，为了磨炼自己，参加过许多竞争，抱回过许多奖杯。但是同样的竞争书旂并不感兴趣，对这样的态度，我们只鼓励却不坚持。所有的学习我们也只提供同样的机会，却不认为结果一定要相同。我们唯一坚持的同一种标准就是负责与诚实。

虽然姐妹俩有三年的差距，但教育书旂我们还是有很多地方要费心。我们虽然喜欢乐旂跟妹妹分享学习的经验，却反对任何使书旂便宜行事的学习快捷方式，比如拿乐旂做过的功课或笔记让书旂参考。不管她们的性格如何，我们对孩子的期待只是她们明天比今天更好，而不是谁比谁更好。

前几天书旂从初中毕业了，课一结束我们就匆匆出门，过后学校寄来了一个包裹，是一张美国教育部长与总统签名的奖状，和一封布什夫妇联名的信，书旂得到了总统学业奖。我看着那张烫金老鹰图案的奖状问她开不开心，她只深深一笑说“很好”，然后转身又去做她那些有趣可爱的小工作了。她对竞争不大感兴趣，奖励这样的事对她来说真是云淡风轻。

明年，书旂就是高中的新生了，她在新加坡的努力已为初中生活画上了一个完美的句号。我期待着书旂的高中生活一如布什总统在信中所说：“你热情的努力将为周围的人带来积极的鼓舞……”

要永远记得
手足相依
相互扶持

现在你是一个大孩子了，我们希望你为自己的人生之船起锚掌舵，我们为你即将独立的生活寄予无限的祝福，也与你同样兴奋。

少了耶鲁，你仍是最棒的孩子

4月2日早上，乐旂申请美国大学的结果陆续在网上查询得知，她的努力获得许多名校的青睐（宾州大学、芝加哥大学、杜克大学、西北大学、康奈尔大学、韦尔斯利女子学院、波士顿大学）。然而，那一天乐旂很伤心，因为她被耶鲁大学拒绝了。

被耶鲁拒绝的伤心是我们能理解的，第二天为了她的情绪，我们之间有过一段冲突。事后，我给乐旂写下我们当父母的心意。

乐旂：

妈妈永远不会忘记，这几天跟你一起等待大学发榜的心情，我们确实以你为荣——你有那种持续努力、全力以赴的毅力。你从来不卖弄聪明，打稳地基的工作，在高中结束前果然盖成了一座好看坚实的小屋，妈妈为你即将展开的大学生活感到兴奋。

发榜第二天，当你得知曼谷国际学校的雷恩上了耶鲁后，心情变得很激动。你对我说："妈咪！你相信吗？雷恩那种程度竟然也上了耶鲁，真是太不公平了！"当时我对你的这些话和那种愤怒的心情很不谅解，因此责备了你几句。当天晚上你跟爸爸说："我只需要10分钟，你们是我的家人，为什么不能给我10分钟尽情发泄我的情绪？"乐骄，妈妈在这封信里要跟你讲的，就是这10分钟以及接下来你考虑要上哪一所大学的事。

你没有上耶鲁，我跟爸爸曾经谈过好几次。我发现我们并没有为此感到遗憾或不公平，我们只用一种比较理性的态度来分析这个结果。尽管你送出去申请大学的学业成绩实在漂亮，但是不要忘记，美国的大学并没有明定录取的课业成绩标准。

我们都清楚，这几年来随着家庭的变迁，你进进出出中文、英文教育，并几度转换学校，因此，有很多课外活动无法拿出长期参与或贡献的成果，这或许也是影响你的原因之一！但是如果你以雷恩的成绩只有1 360分，而你有1 580分来抱怨录取的结果不公正，那对雷恩才是真正的不公平。你不是已经看过常春藤盟校每年拒绝多少成绩满分的学生？再想想去年你们学校的蜜莉，同时被哈佛、耶鲁、斯坦福、剑桥录取，却被芝加哥和达特茅斯大学拒绝，这种公平究竟要怎么说？

让我们假设，两年前把你留在曼谷，你继续当学生会长和好几个社团的会长、得一大堆奖、以第一名毕业，或许今天的你会被耶鲁录取。但是乐骄，不要忘记你在几天前才跟妈妈说过，你是多么高兴转到新加坡美国学校来，你说跟这些精英在一起，让你在这两年中程度提高很多。

你告诉我，不管有多累，只要一想起要去上进阶文学课就很兴奋，跟班上非常聪明的同学，用不同角度来探讨问题使你感到满足。你又跟我分享许多你们读书会的心得，知道妈妈有多羡慕你吗？我为你这么年轻就已经尝到读书的乐趣而高兴。相信这两年你奠定的实力，才是去美国读个好大学的基础。

我们都曾听说过，有不少申请到美国名校的外国学生，因为语言工具与基础训练的不足，年级越高便越难融入真正的教学里。这次你被这么多所学校认可，使我们对你未来的学习有信心。当然，也期待四年后的你更成熟、更有深度。

至于你所要的那10分钟，爸爸和我认为，因为爱你，所以我们想要提醒你，这种情绪宣泄并不恰当。爸爸跟你说："乐骄，你已经上了这么多好学校了，难道不能为好朋友就读于很棒的学校而高兴吗？"爸爸是最最宽厚的人，他绝不会要求你去做自己所做不到的事。所以，你应该好好想想爸爸说这句话的心情。而妈妈觉得，如果我是你，我也会非常伤心，但绝不是愤怒。想想看，那一天，我们一家人本应该为你好好庆祝一番的，你却把气氛搞得如此糟糕，太任性了吧，女儿！

你以后会跟越来越多的人接触，不要任意去想要那尽情发泄的10分钟，那样的10分钟有时候是会闯祸的。记得妈妈好几年前曾送你一句话：

用力推推不动的东西，可以使肌肉坚强，同样的方法，可以使品格坚强。

我们这样要求你，并不是要你只知压抑，而是希望你训练自己，处事遇到困难时，选择一种更理性、更美好的角度来为自己疏通情绪。当你被那么多名校录取却独缺耶鲁时，难道我们不能宠爱地对你说："耶鲁真是太烂了，没有眼光！"可以的，要讲那样的话其实很容易，妈妈还可以想出更多的话来博你一笑呢。但是，我不会这样看轻你的，我知道你所需要的不是这样的安慰。陪伴你这么多年，看着你一关一关地闯过，你的坚强、你的软弱，妈妈都清楚。乐歆，我们是你真正的朋友，我们珍惜你！

接下来，在5月初之前你要决定学校，这将是你人生中又一次重大的选择。妈妈曾跟爸爸说，一定是老天爷要好好教育你才让你有这么多学校可以选择，平常连选个食物都常常要换来换去的你，现在可好了，这么多选择，怎么办？

爸爸和我的决定是，完全尊重你自己的选择。因为，18岁之前你确实遵守着我们定下的家规，循规蹈矩地长大。现在你是一个大孩子了，我们希望你为自己的人生之船起锚掌舵，我们为你即将独立的生活寄予无限的祝福，也与你同样兴奋。

等你搜集好资料做出最后决定，我们会跟所有的亲朋好友分享你的喜悦，然后在今年秋天带着妹妹送你去美国展开新生活。

乐骄，妈妈知道你有多期待长大那一天的到来。上大学或许是最具象征性的成年仪式。希望你永远记住，我们要给的不只是10分钟，爸妈的心里有一个大大柔软的枕头，羽绒当中满是善意与爱，你若有伤心或沮丧就靠过来，我们会用这些安慰包围你，因为我们不愿可爱的女儿有怒气。

恭喜你！少了耶鲁，你仍是最棒的孩子！

妈妈笔

> "我们选择你是因为，你了解那种活跃与具创造性的学习所带来的愉快——那种完全的喜悦。"

芝加哥大学动人的录取信

　　4月中，乐旂忙着给大学寄回信，还忙着模拟考。我一直听到她在模拟考，连星期六的早上都还要到校去考试。我奇怪各大学录取名单都公布了，她还在考些什么。"大学进阶课呀！妈咪，虽然我已经考上大学了，可是地球还是照样在转呢！"她这样回答我，然后又开始忙个不停。

　　在这段选校的日子，乐旂曾和几位老师讨论过。学校的老师一致认为乐旂应该选择芝加哥大学，他们对芝大的教育推崇备至，而乐旂也是今年学校提出申请者中唯一被芝大录取的学生。但几经考虑，她自己最后的选择是宾夕法尼亚大学，因为宾大邀请她加入每年从2 000多名新生中选择100名富兰克林荣誉学生，为他们开设特别课程。这给她提供了一种更丰富、宽广的教育机会。

富兰克林荣誉学生除了有特别的选课，更重要的是，可以跟其他三个学院的学生在特别的集会中交流与研讨。对于她的决定我们完全尊重，如果她选择康奈尔大学，我会安心有朋友家的仰青哥哥可以照应一下；如果她决定要去杜克大学，我会高兴北卡罗来纳的气候起码比费城来得温暖许多。

寄出回复信后，其他大学都以电子邮件回信，只有芝加哥大学的信是用航空信寄到。乐骄看完信后说："拜托别再寄任何信了，我真想哭。"这封信是这样写的：

亲爱的乐骄：

我们已经接到你的回复了。虽然很失望你决定不加入我们的行列，但我们仍然要祝你在你选择的大学里一切顺利。我们希望你未来的教育计划能够为你提供机会，极力发挥出我们在你身上所看到的那些才华。尽管此刻你已决定不来芝加哥大学，不过请你在申请研究生学校时一定要想到我们。

请再次接受我们对你的祝福。

芝大的来信让我想起他们的录取信也与每一所学校不同，是校长而非院长亲笔签名的，这所出了最多诺贝尔奖得主的大学，的确在许多小事上把人文与教育的影响力发挥到了极致。

亲爱的乐骄：

很高兴能通知你，我们邀请你进入芝加哥大学2009年的毕业班，恭喜！你应该为自己的成就与潜能感到骄傲，我们就是因为这种特质而选择了你。

多年来我们坚信自己的责任不只在于挑选合格的学生，也在于寻找那些认真准备要继续求学的人。我们选择你是因为，你了解那种活跃与具创造性的学习所带来的愉快——那种完全的喜悦。我们的决定不是以你的分数为标准，而是以你的成就和你所写下的字句为依据。这是一个很艰难的判断，但是这个决定荣耀了你，更荣耀了我们大学。

你将有机会成为这个拥有光荣历史与未来的学校的一分子，我们期待你与我们共同成长，与我们一起努力，并续写这个使我们不断提升的传统。

看完芝大的信，我不禁回头去问乐旆，当时申请入学的文章题目是什么？她把题目找给我：

人们总认为语言是一种实现经验共享、思想交流的桥梁。虽然如此，我们更感兴趣的是：语言如何使一个人有所不同。从你自己使用语言的特点来谈，比如，你用来与自己交谈时的那种声音、你被惊吓时所使用的字眼，或是你那些没有人会用，甚至没有人会了解的特殊词句或肢体语言。告诉我们，你的语言如何使你与众不同，在回答时，你也可以总结自己的语言韵律、节奏、口头禅或其他特点。

这真是个有趣但难写的文章题目。一个星期之后，芝大又寄来一份问卷，希望乐旆能提供她决定放弃芝大的原因，好让校方作为下一年度改善的参考，校方办校的认真精神，真是让人难以相信。

杜克大学的回信是："你的回复我们已经收到，备选名单上的学生为此感到非常高兴。"

　　放弃芝加哥大学的确是一种遗憾。

把你学得的知识

从脑中移往心中

要感谢可以接受教育的每一个机会

三天里，校园中许多角落都有各学院欢迎家长的小茶会陆续举行。

精美的会场布置中，校方的热情与学生的兴奋之情，交织在这个不折不扣的大学城里。

温馨满溢的宾州大学

8月24日，我们带着乐旂搭乘班机抵达纽约，第二天再转火车前往宾大的所在地费城，直接住在校园中的喜来登饭店。

在乐旂还未申请上大学之前，我曾听很多父母说，一旦孩子上了大学，除了付钱之外，父母就完全没事了。但是一个暑假中，宾大与家长的频繁互动使我有了另一种认识与感触。

首先，在6月初，一份有关学校宿舍详尽介绍的光盘已寄到我们手中。有各种宿舍的特色分析，因此家长与孩子可以共同讨论自己喜欢的类型，尽量减少进入后的不适与相融的问题。乐旂成功地申请到"当代语言宿舍"（用法语写一篇文章以供审核）。

果戈里屋不算校园中设施很好的宿舍，80年历史的房子里只有暖气没有冷气，但是整栋宿舍特色鲜明，成员从研究生到新生都有。这些成员对语言有特别浓厚的兴趣，却非主修外语。宿舍里有几位资深的老师做监护人，每周有三个晚上，全宿舍的人要一起用餐，席间只能以自己选定的语言交谈（除了法语，还有意大利语和西班牙语）。

7月初宿舍申请已经完毕，学校用电子邮件传来学生将要入住的房间平面图、携带物品建议清单。更令人惊讶的是，室友的资料已经齐备，学校为新生成立了一个独立的网站。老师、同学、协助者的联系方式也都一并列上，对新生来说非常实用。所以，乐旆还未抵宾大就已经和室友们十分熟悉了。她们在网络上讨论自己最近在看什么书、听什么音乐，为即将建立的友谊提前做热身。

7月还有另一项重头戏是选课。宾大的选课非常复杂，因此学校再三交代学生要好好把一大本选课表仔细阅读清楚。对于选课，学校也同时给了家长一封信，信上说：

　　每一年大学部为学生提供了超过2 000门的课程，做出正确的选择是一件既刺激又吓人的事。要做明智的决定，最好的方法便是一开始就好好地跟指导老师商谈。每一位新生都有一位资深的指导者提供协助，学校更有专精于此的院长或部门协调者，我们随时准备回答您的任何问题。

　　当这些老师做好协助的准备时，学生也该负起自己的责任——迎接在宾大做一个杰出知识分子的挑战。我们要求学生仔细阅读我们寄达的所有资料，并与指派的老师约谈，在详读过这些资料之后，他们应该准备好问题了。

　　我们希望您能与孩子一起在线参与我们专为选课所举办

的实时会谈，全面的思考将有助于选课的决定。

后来我发现，不只是选课，有些分级考试也都是在线举行。另外还有一场长达三个小时的烟酒教育课程与考试，全都要在8月10日之前在线完成。

又一次，我发现亲子与亲师之间可以是一个美好的团队。因为不只是陆续而来的几封信，我们还有一本跟孩子的《学生手册》封面一模一样的《家长手册》，手册中有作为父母想要知道，也应该知道的种种信息。

在为期三天的新生训练中，校方的考虑很周到，不只接待家长，还一并接待同行的宾客。有些活动安排学生与家长分开，也有一些是亲子同行。三天里，校园中许多角落都有各学院欢迎家长的小茶会陆续举行。精美的会场布置中，校方的热情与学生的兴奋之情，交织在这个不折不扣的大学城里。

我相信，大学生活对她来说，是快乐满足的。

我也欣慰当自己从一位贴身母亲转变为远距母亲时，亲子之间充分的交流仍旧能持续在跨越距离的分享中。

从贴身母亲到远距母亲

乐旂加入宾大，转眼间已快过完一个学期。这段时间我是个"远距母亲"，在科技通信工具的帮助下，与孩子保持着紧密的联系。

乐旂入宾大时，艺术科学院为"富兰克林荣誉学生"的家长举办了一场鸡尾酒会。邀请卡上说"着便装"即可，但我们到达会场时，院长与老师倒是西装领带、衣着正式地在门口亲自迎接大家。

院长亲切幽默。此前的一个下午，我们在另一个会场听过他带领老师向新生及家长做选课的总体报告。当时他的结语曾引起全场的大笑："孩子们！希望你们每过一段时间都要打电话回家——可不是要钱的那种电话！"

在会场里，院长问起我们的孩子住哪个宿舍，我们何时回家。当我跟他说起，要把一个18岁的女孩放在离家如此之远的美国，心里非常不舍。我很惊讶院长并没有用"长大了就要学习独立"一类的话来安慰我。他站在家长角度温和地对我说：

"我完全可以理解这种心情，因为去年我们才送走两个男孩，第一年对我们夫妻来说真是难以适应。"

我不禁问道："男孩子应该不一样吧？"

但是这位既为人师又为人父的院长，微笑着摇摇头说："一样的百感交集，请相信我。"

那一天，在那个藏满古旧经典的优雅图书室里，除了尝了几样精美食品、喝了半杯香槟，以及听两位资深教授简短的演讲之外，我感到最温馨的是，我们身处在一群深爱孩子的家长中。

我们离开费城前，乐旂已经很忙了，我感受不到她有所谓的"适应期"。开学前的一个星期，她已经开始参加全天候的计算机维修集训。计算机信息助理是她在暑假征询过我们的意见后去申请的一份工作。工作是专门帮助宿舍成员解决个人计算机所发生的问题。虽然入选后，学校会再提供培训，但在决定接受这项工作之后，乐旂就开始为自己充电。爸爸和一个计算机专家朋友也为她展开密集培训。家里的计算机整天拆拆装装，计算机书一本一本地啃。虽然有些朋友反对新生一入学就开始打工，但我们仔细讨论过后，觉得这是个很好的教育机会，对她的独立将是一种帮助。更重要的是，借着工作她更有机会跟高年级的老生融合在一起，应该可以帮助她克服环境与人际的畏惧感。

集训期间，学校提供所有的食宿费用，他们也是第一批获准搬进宿舍的成员。集训结束后，还在校园里的希尔顿饭店举办正式餐会。

去美国前，我帮她准备了两套晚装，那一天，她很高兴自己是有备而来，也高兴一下子就结识了许多好朋友。

新生训练一过，马上正式上课。听她说功课很重，报告一大堆。就这样，比高中自由但压力更大的生活开始了。入学前，乐旂经过在线考试，被核定为应该学习大二下学期的法语，这让她有点难过，因为她的得分虽然比大二下学期的要求高许多，却够不上大三的标准，她必须尴尬地留在大二上那些比较无趣的课。但是两个月过后，乐旂很兴奋地跟我描述，自己是如何如何努力，"妈妈，我下学期要跳级了。"我听了真担心，怕她又冲过头了。但是从遥远的、气温已经摄氏零下1度的费城传过来的声音听起来却是热乎乎的，我完全可以感受到她的喜悦。

期中各科的学习进度报告刚刚从网上收到，她拿到了全A，为自己的学习生活打了一针强心剂。而打工不但让她的生活圈扩大，还帮她跨出独立的第一步，可以用薪水支付自己的生活零用，她感到非常高兴。语言学的教授帮她又安排了一份新工作，下学期她被推荐去当研究生的助理。

在网络电话中我们常常聊很久，她还是和以前一样喜欢跟我谈功课上的事，而我也时时记挂着她的生活是否平衡。记得有一次她说了一番令我心动的话：

"妈妈，在这里虽然每一个人都很会玩，但是在玩的时候，却都已经计算过自己可以使用的时间了。最好的事情是，不管在金钱还是时间上，当我们对别人说'不'的时候，自己不会觉得不好意思，而被别人拒绝时，自己也不会觉得受伤。因为大家都理解，生活实在太忙。高中一个学期分量的课，在大学大概三个星期就教完了。"

她接着告诉我，自己有一份五页的法语报告要交，内容是讨论越南的空气污染。还有语言学的八页报告，与英文写作的功课。她每天早上8点跟有课的室友一起去吃早餐，然后去图书馆做功课，直到自己有课时再离开。

乐旂说，她的室友法语都很流利。她们很好，经常提醒她要每天听法语新闻。现在看电影的时候，她会切换到法语配音跟字幕。"有一个下午，我为了把《纯真年代》当中的一段完全看懂，来来回回倒了五次带，可是，妈妈，那种感觉真好。"

虽然我没能在一旁与她共同体会那份真好的感觉，不过她在宿舍电视间努力的身影却即刻浮现在我眼前。这种努力不是第一次，只是许许多多次克服困难的延续。当时那些片刻有我们的陪伴，如今她身边也有好朋友提供方法和鼓励。我相信，大学生活对她来说，是快乐满足的。我也欣慰当自己从一位贴身母亲转变为远距母亲时，亲子之间充分的交流仍旧能持续在跨越距离的分享中。

我真爱大学生活

　　寒假中，乐旂的舅舅寄来信和礼物，乐旂很快写了回信。上大学后，乐旂与家里一直都通过网络保持密切联系，因为沟通非常频繁，因此我不曾问起这个学期中大学生活对她的意义。看完乐旂给舅舅的回信，我相信这就是她对学院新生活的总结。虽然只是短短的一个学期，感触或许还新鲜，但是在字里行间，我印证了她曾与我分享的充实与快乐。

　　亲爱的舅舅：

　　　　非常谢谢您的来信与礼物。当妈妈把那个包裹递给我时，我好兴奋！知道舅舅对宾大如此熟悉更是让我非常开心。我曾因为台湾的朋友多数没听过这所大学而感到有些失望，但是，现在我更确定这是一所多么棒的学校了！

我有几个星期能待在家里，好好地享受休假的愉悦（特别是丰盛的食物和美好的天气）。不过，我也非常期盼能赶快回学校去！老实说，我从来不曾像现在这样喜欢学校生活。

上学期我选了四门非常有趣，也很具挑战性的课：语言学导读、圣徒与罪人（这是写作课的专题研究）、中级法文，以及日本女作家及其模仿者的研究。除了语言学是大班授课之外，其他的课程都是以大约15人为规模的研讨会来上课。我那堂日本女作家的课只有四个同学，因为其中有两位比较沉默，因此我总觉得，自己有责任要更加积极地参与讨论。我的付出是有代价的，这种经验使我在学习上获益良多。我觉得自己非常幸运，所有的指导老师都热心教学，而且极为友善，他们不只指导我知识，同时在心灵上也成为我的朋友。

上学期的美好经历，已经成为我未来学习的基础。无论是课堂内还是课堂外，我对自己能接受如此的启迪感到非常满意。我很惊讶，在这里，大家总能很快成为朋友，我这一生中还不曾遇到过这么多心智相似的人。所谓相似，并不是说我们信仰相同的事物，或以同一种方式思考；我指的是，我们都有开放的心胸和求知的渴望。我们对未来充满期待，并准备努力实现目标，更重要的是，我们彼此照顾。我与我的室友们非常亲近，我相信是这种感情抚慰了我经常涌上心头的思乡之情。

　　我真爱大学生活，宾大是个令人振奋鼓舞的地方——在这里，有这样多的事物可看，有这么多的学习机会。每天早上起床时，我总是期待着今天要学或计划去做的事。我从来没有这样快乐过，舅舅！这也是为什么在收到您的祝福时我感到这么开心。当自己沉浸在一种美好的感觉中，同时知道那些深爱自己的亲人也了解那份喜悦，这样的感觉真是美好！

爱您的乐骄敬上

成长是时间给你的礼物

愿你牢牢握住

昨天与明天之间的今天

第
三
部

展
翅

记得那天送她去往樟宜机场的路上，我问起去年一年在美国她可曾感到寂寞。

乐旂满脸闪着光彩说："没有，一次都没有！"我把那饱满、自足与沉稳的声音牢牢地记在心中，再次与她挥手分别、送她展翼高飞。

送她展翼高飞

8月21日早上7点半，书旂一如往常上学去。我们稍后带着乐旂和她的两箱行李前往樟宜机场，送她再次离家返校。乐旂此行将独自搭乘新航直飞纽约的班机，一条目前世界上最长的商业航线，从新加坡往北进入中国大陆，经西伯利亚走大圆航线，穿越北冰洋再入北美大陆，飞机将在18个半小时后抵达纽约。

回想去年此时，乐旂爸爸与我正待在费城宾大校区的喜来登饭店，两个星期中，怀着不安又不舍的心情陪伴刚上大学的乐旂。转眼间，一年过去了，眼前这个女孩，长胖了几公斤，结交了许多思想深刻的好朋友，用功读书，还打了两份工，丰富充实地过完新入学的一年。

6月底学校来了一封精美的信，信里捎来她一年努力耕耘的美好收获。信中这样写道：

　亲爱的翁小姐：

　　我很高兴地通知你，你被列入2005～2006学年科学人文
学院的院长奖名单。这项奖表扬你在学业上的优异表现、学
术上的专注以及对大学生活的贡献。我们为你骄傲。

　　恭喜你得到这项荣誉，并衷心祝愿你未来的学习更上一
层楼。

　　功课的丰收令人可喜，工作的努力也有好的回报。上大学前，我们
告诉乐旂，大学是一生中最好的教育机会，知识与生活的学习应该齐头
并进；一个大学生可以在完全自由的环境中训练自己对时间、情感与金
钱的管理。打工是必须的，那份所得也并不是为了增加消费，而应该用
来作为部分生活费的支付。更重要的是，我们一再鼓励她，为工作全心
付出；不管是什么工作，努力就能使身心成长。

　　我相信乐旂一定认真思考了对工作尽力的话题，所以在计算机信息
助理工作满一年后，她被升任为新学年的部门经理。她说，自己不是同
事中技术最好的，那些天才男生个个比她厉害得多，但是，所有的辅导
老师与同伴都因为她的热情与努力而推举她。说到这件事的时候，乐旂
随口提了一个小插曲。听完，我却因此而激动许久。

　　有一次她去帮一位大二的学生修计算机，临走的时候，那位学姐告
诉乐旂，她打算下学期也去参加计算机工作的申请，原因是，乐旂的工
作态度使她觉得这份工作很有意义。

　　虽然我没看到乐旂在宾大打工的工作态度，但在暑假期间，有整整

三个月她在我们家的餐厅打工，从服务顾客到拖地擦窗，她的热情，我是真真实实感受到了。

有朋友曾经问我，一个孩子像乐旆这样自我要求，会不会使她常常不快乐？我倒想，或许跟其他的孩子相比，她的欢乐与轻松时间少很多，但是，自重与努力带来的是另一种满足与快乐。最起码，我确信她的心中常常是充实的。

记得那天送她去往樟宜机场的路上，我问起去年一年在美国她可曾感到寂寞。乐旆听后对我侧脸一笑，满脸闪着光彩说："没有，一次都没有！"我把那饱满、自足与沉稳的声音牢牢地记在心中，让不舍的泪尽量不流出眼眶，然后紧拥着她，再次与她挥手分别，送她展翼高飞。

图书在版编目(CIP)数据

妈妈是最初的老师／蔡颖卿著；翁书祈绘. —北京：中信出版社，2008.7
ISBN 978-7-5086-1160-0

Ⅰ.妈...Ⅱ.①蔡...②翁...Ⅲ.家庭教育　Ⅳ.G78

中国版本图书馆 CIP 数据核字（2008）第048501号

蔡颖卿著，中文简体字版由台湾天下远见出版股份有限公司授权出版。

妈妈是最初的老师
MAMA SHI ZUICHU DE LAOSHI

著　　者：蔡颖卿
绘　　图：翁书祈
策　划　者：中信出版社策划中心
出　版　者：中信出版社(北京市朝阳区和平街十三区35号煤炭大厦　邮编 100013)
经　销　者：中信联合发行有限责任公司
承　印　者：北京通州皇家印刷厂
开　　本：880mm×1230mm　1/32　印　张：5.75　字　数：73千字
版　　次：2008年7月第1版　印　次：2008年7月第1次印刷
京权图字：010-2008-1202
书　　号：ISBN 978-7-5086-1160-0/G·270
定　　价：25.00元